Einaudi. Stile libero

www.einaudi.it

ISBN 978-88-06-19687-5

Ugo Riccarelli

Stramonio

Einaudi

Ugo Riccarelli
Stramonio

a Francesca,
e in alto il boccale al signor Hrabal!

La poesia *A coloro che verranno* di Bertolt Brecht che compare nel testo è tratta da *Poesie* di Svendborg, Einaudi, Torino 1976.

… ma la vita è rimozione di sporcizia.

BOHUMIL HRABAL

Dove c'è puzza di merda si sente l'essere.

ANTONIN ARTAUD

Maturità

Fate bene attenzione a quello che ora vi racconto. Cosí il signor Hrabal avrebbe cominciato una delle sue storie e allora voglio anch'io usare le stesse parole per raccontare la mia e voi ascoltatemi attentamente perché non sarà semplice capire tutto quanto. Inoltre non mi sembrate molto intelligenti, con quell'andare avanti e indietro, il capino grigio e lo sguardo fisso. Sembrate piú interessati alle briciole di pane che alle chiacchiere di un uomo seduto sul davanzale di questo schifoso ospedale, ma non posso pretendere altro pubblico, perché quando si arriva alla fine di una storia quello che è stato è stato: il destino o la nostra stupidità o l'orgoglio, fa lo stesso. Insomma: è quello che abbiamo mangiato, digerito e sputato, solo questo fa la vita degli uomini. Il resto conta poco.

Ma forse non v'importa nulla delle mie parole e fate bene a pensare alle briciole. In fondo, cosa sanno degli uomini, i piccioni?

Ad ogni modo, lasciatemi parlare e almeno tu, Hanta, stai a sentire. Non badare a Díte, lascialo beccare in pace e apri bene le orecchie, se le hai da qualche parte. Io provo a cominciare dal principio, e non è neanche tanto tempo fa, la mattina di luglio afoso quando aprii la porta dell'aula e trovai la Commissione già lí ad aspettarmi, schierata come un plotone di esecuzione dietro al tavolo, assieme al sorriso del Presidente che con un blazer blu mi invitava a venire avanti. Ora, cosa potevo aspettarmi da uno in blazer blu stirato e in un luglio infame di umido e calore come quello? E dagli altri, facce da brave madri di famiglia e impiegati di concetto, intenti a sfogliare un libro per farsi venire in mente una domanda? Era il giorno del mio esame di maturità. Beati voi piccioni che non avete esami, ed era il giorno del mio diciottesimo compleanno.

Forse era destino che io fossi là per essere giudicato lo stesso giorno in cui toccavo i diciott'anni e diventavo responsabile per legge di me stesso, autorizzato ad avere stato giuridico di cittadino e a mandare in Parlamento ogni sorta di candidato eleggibile. Io, adulto e titolare delle mie azioni e poi, una volta passato al controllo qualità, dichiarato idoneo per esercitare la mia maturità nel mondo, al di fuori del glorioso Istituto «Rodolfo Ippolito Fiuti».

Forse la faccio lunga, ma vorrei che capiste l'importanza di quella data che per tutti sarebbe stata una data storica, ma per me lo fu in maniera particolare, io che fino a qualche tempo prima avevo dovuto esibire alla cassiera del cinema *Apollo* la carta d'identità quando lei ripeteva bimbo è vietato ai quattordici e mi obbligava a dichiarare i miei sedici anni compiuti allungando il documento oltre il bordo della cassa, in equilibrio sulla punta dei piedi per aumentare un metro e quaranta scarso di poca carne e ossa.

A scuola ero stato precoce e avevo cominciato a vivere sui banchi un anno in anticipo, dalle elementari che avevo fatto in privato dalle monache spagnole e poi su, per le medie, fino al Liceo Scientifico «Rodolfo Ippolito Fiuti» sempre un anno prima del dovuto, un anno che è stato come una specie di capitale accantonato in vista di tempi peggiori, come voi con le briciole lasciate per i momenti di magra. Data la mia scarsa prestanza fisica e l'altezza, siamo sinceri, fin troppo esigua, le prospettive della mia educazione infantile non poterono svilupparsi che in un bel mucchio di tempo passato a leggere, lo capiscono anche i piccioni. Avevo amici, certo, ma stavano in un mondo sempre troppo grande per le mie gambe inadatte ad inseguire palloni o a correre o a giocare ai quattro cantoni, e anche dopo, come facciamo noi umani adolescenti, a cimentarsi in lotte virili o in esibizioni sportive alle quali invece partecipavo soltanto come devoto spettatore. Perché, in fin dei conti, avevo i miei libri, e la mia prospettiva che forse era simile alla vostra, voi che guardate il mondo da un altro punto di vista e beccate le cose che gli altri buttano. Ho i miei libri, mi dicevo. E mi bastava, cosa di cui dovete tener conto se volete cercare di capire come abbia potuto macinare questa storia un'inezia come il sottoscritto.

E cosí, gli altri avevano ragazze e pallone mentre io me ne stavo da una parte, da dove sbirciavo senza troppi rimpianti, anzi, mi sembrava di poter avere tutto lo stesso e a modo mio ero felice anche se le ragazze non mi filavano e il pallone non si fermava mai sui miei piedi. Perché comunque potevo stare a guardare, potevo tenere dentro tutto quanto e un giorno avrei potuto raccontarlo a tutti, come sto facendo ora. E poi c'era il signor Hrabal, il mio scrittore preferito da quando lessi in un suo libro la storia di un cameriere piccolo come me, capisci Díte perché ti chiamo cosí? Ma torniamo all'esame, perché ho il vizio di parlar troppo e vorrei finire prima che gli infermieri arrivino con il dottore.

Dunque, Hanta, io entrai in quella stanza dove l'aria ristagnava nonostante il ventilatore girasse veloce, io timido e minuto, con il mio documento in mano e i muscoli tirati, attento a ogni cosa avrebbe detto quel blazer blu.

– Si segga, prego, – disse il Presidente e domandò al suo vicino su quali materie sarei stato interrogato.

L'altro scorse una fila di nomi sul registro e mugugnò qualcosa che francamente io non capii bene, ma che poteva essere una cosa come: «Ci parli pure di quel che piú le piace».

Mi sembrò un regalo e mi sembrò anche impossibile che quel signore tozzo e con il sudore che gli formava delle goccioline sopra i baffi, che proprio lui mi invitasse in modo tanto semplice verso ciò che amavo. Continuai a guardare il ventilatore girare fino a che stavolta sentii con chiarezza la stessa voce ripetermi: – Prego, di cosa le piacerebbe parlare?

Di che cos'altro avrei potuto parlare, Hanta?

– Del signor Hrabal, signore, – risposi con un sorriso. Il professore allora fece una faccia strana, si incassò nelle spalle e aggrottò le sopracciglia stirando le labbra mentre dai suoi baffi sudati vidi cadere un paio di gocce sul registro che gli stava davanti. La prima cascò sul nome di Boselli e mi dispiacque, perché Boselli era un simpaticone e non mi sembrava bello che affogasse nel sudore di uno sconosciuto. L'altra fece un minuscolo laghetto su Caselli Romina, e allora il mio sorriso diventò aperto perché per Romina avevo un debole e quello mi sembrò un augurio, un chiaro segno del destino che mi invitava a svelarle per la prima volta la mia simpatia. Da piú di tre mesi avevo in tasca i versi che avrei voluto darle, ed ecco quella goccia che toccava il suo nome indicandomi la via da percorrere. Lo vedi Hanta com'è strana la vita?

E mentre io pensavo alle fossette delle guance di Romina il Professore ripeteva confuso «Craballo?» e si aggrappava all'antologia e la sfogliava qua e là senza convinzione.

Tentai di precisare: – Bohumil, signore, – e scandii le sillabe mentre continuavo a tener d'occhio un altro paio di gocce che stavano precipitando su Zorzi e Tanaro, ma lui insisteva a non capire. – Bocumil Craballo, – ripeteva tra sé, – di che periodo è? – cercando conforto presso i colleghi e quelli, destati dal trambusto, cominciavano a prestare attenzione e cosí consultarono altri testi mentre un brusio sommesso, come di un dispiacere che saliva piano piano e si impadroniva della Commissione.

– Contemporaneo, signore, – cercai di puntualizzare annuendo verso gli occhi del mio esaminatore, ormai ridotti a due fessure sottili che continuai a fissare prima per educazione e poi per imbarazzo, perché percepivo che se soltanto li avessi fatti girare intorno, i miei occhi, al di sopra o di lato o da qualsiasi altra direzione, avrei visto ogni professore sfogliar libri, aprire quaderni o cercare con lo sguardo in un punto in alto sul soffitto o in una mattonella in basso sul pavimento se per caso fosse scritta una qualche notizia, una spiegazione o un indizio sul nome strano che avevo pronunciato. In quel momento, mio caro Hanta, mi sembrò di aver pericolosamente cambiato il gioco delle parti e che il Presidente fossi diventato io per il magico tramite del signor Hrabal, mentre la Commissione tutta subiva l'esame e mi si strinse il cuore, e pensai allo sfracello di una rivoluzione che mi avrebbe portato solo guai e vendette, e cosí tentai di precisare ancora, con umiltà: – È uno scrittore ceco, signore, – e feci peggio, perché i baffi che avevano ormai allagato il registro iniziarono a muoversi e a puntualizzare come la cecità non potesse essere un indizio sufficiente a chiarire l'identità dello scrittore e del resto, specialmente nell'antichità, piú di un letterato era stato debole di vista e altri discorsi simili finché io non mi sentii in obbligo di informarlo che il signor Hrabal era ceco nel senso di boemo.

– Cecoslovacco, signore.

La parola immobilizzò la Commissione. Tutti mi guardarono fissi, pietrificati e per alcuni secondi si mosse solo il ventilatore, finché il professore di fronte a me si tirò indietro sulla sedia molto lentamente e con altrettanta lentezza, come se gli fosse piombata addosso una stanchezza enorme, prese un fazzoletto e cominciò ad asciugarsi il sudore dal viso.

– Ragazzo, questo è l'esame di letteratura italiana. Che c'entrano i cecoslovacchi?

– Mi scusi, signore; ma lei mi ha gentilmente chiesto di parlare di quello che piú mi piaceva, perciò ho ritenuto di poter riferire su Hrabal che è il mio scrittore preferito, al di là di ogni confine e nazionalità, – dissi io, deciso a far valere il diritto di rispondere su quello che piú amavo nonostante l'altro insistesse: – Abbiamo un programma preciso giovanotto ed è di quel programma che lei deve rendere conto, non di quello dei ciechi o degli storpi, – e mentre diceva questa battuta si guardava intorno compiaciuto cercando lo sguardo d'assenso della sua collega e continuò alzando la voce: – Qui si parla di Carducci, di Pascoli, di D'Annunzio, di letteratura italiana, caro il mio candidato. Della nostra letteratura!

– Capisco, signore, – ribattei io deciso, – ma lei mi ha chiesto di parlarle di quello che piú mi piace mentre i signori che lei ha nominato a me non piacciono per nulla.

Hanta, non voglio fartela troppo lunga, anche perché il tempo è quello che è, ma da qui in poi la discussione si fece pesante e coinvolse anche gli altri professori, con quelli che si schieravano dalla parte del mio inquisitore e quelli che ritenevano giusto e interessante sapere qualcosa di piú di «questo» scrittore, tra chi sosteneva la pericolosità di stabilire un simile precedente e chi proponeva con decisione una linea dura: – Il ragazzo deve essere esaminato sul programma di letteratura italiana. Che diamine, altrimenti di questo passo finiremo chissà dove –. Insomma, la Commissione era in subbuglio e l'indecisione era enorme.

Fu il blazer blu a sbloccare l'impasse: il Presidente che fino ad allora era rimasto silenzioso a osservarmi, fece un gesto imperioso per riportare un po' di calma, si appoggiò al tavolo, si protese leggermente verso di me e mi domandò: – Gentile candidato, perché non le piacciono gli autori che il professore le ha citato?

– Perché non sono veri, signore. Nel senso che mi sento molto lontano dalle cose che dicono o forse le cose che dicono sono molto lontane da me, non saprei, – risposi io e il brusio ricominciò, i ventagli ripresero a muoversi freneticamente e il professore dai baffi sudati mi puntò un paio di occhi feroci sul volto: – Carducci non è vero?

– No, signore.

– E Pascoli?

– Neppure, signore.

– E D'Annunzio?

– Meno che mai, signore.

– E per bontà sua, potrebbe farci l'onore di nominare almeno un poeta di suo gradimento nato tra i patrii confini e che, se non le è troppo di incomodo, sia anche compreso nel programma d'esame? – concluse furibondo.

– Il signor Dino Campana, – dissi io e mi venne naturale continuare con alcuni suoi versi che sapevo a memoria, cosí fissai lo sguardo sul ventilatore e cominciai a citare lentamente: – Prendo la penna: scrivo: cosa, non so: ho il sangue alle dita: scrivo: «L'amante nella penombra si aggraffia al viso dell'amante per scarnificarne il sogno...»

– Alleluja, – fece il mio inquisitore lasciandosi andare con sollievo sullo schienale della sedia. – Almeno questo è italiano. Allora, parliamo di 'sto Campana...

Cosí, in qualche modo, l'esame si rimise su dei binari che parvero acquietare la Commissione, anche se a me rimase un lieve senso di insoddisfazione, visto che a Hrabal nessuno fece piú cenno. Fuori dell'aula mi aspettavano i miei compagni, i commenti, i complimenti e i saluti. Mi aspettava anche Romina e in quel clima di leggero entusiasmo mi sembrò naturale trovare il coraggio per confessarle finalmente la mia simpatia.

Hanta, cerca di capire, io non pensavo che fosse cosí complicato poter parlare a quel sorriso. Mi ero immaginato mille volte la scena, l'avevo scritta e riscritta, prima nella mia mente e poi sulla carta, proprio come fosse la sceneggiatura di un film. Avevo copiato e ricopiato i versi dei miei poeti preferiti, li avevo studiati e imparati a memoria e poi i migliori li avevo riscritti in un biglietto che da settimane mi portavo in tasca, tanto che era ridotto una specie di brandello. Per fartela breve, quel giorno avevo lei di fronte, lei che mi sorrideva e si chinava leggermente su di me per darmi un bacio sulla guancia e dirmi qualcosa che non riuscii a capir bene. Non so come funzioni tra voi piccioni, ma la mia testa ronzava e con la mano mi aggrappavo a quel foglietto sgualcito che nascondevo in tasca mentre cercavo di ricordare la parte che avevo preparato, però non riuscivo a far venire fuori nulla dalla mia bocca, non riuscivo a far salire o scendere il fiato: rimasi immobile per un bel po', a guardare Romina che parlava e parlava, come fossi dentro un sogno o in un acquario e cosí, al riparo di un vetro, la guardavo e non mi lasciavo toccare dai suoi discorsi, da quelle parole che non avrei voluto sentire, da quel temporale che mi investiva, perché insomma, dopo avermi fatto i complimenti per l'esame, lei mi stava salutando e mi diceva che sarebbe partita per l'Inghilterra, sarebbe andata a studiare là. Niente di grave in fondo, ma mentre mi parlava aveva preso la mano di Boselli, e la stringeva, e tirava a sé il suo braccio, se lo metteva intorno alla vita e intanto mi salutava, mi dava un altro bacio sulla guancia e mi lasciava nell'acquario a vederla andar via, lei e le sue fossette, verso l'Inghilterra, abbracciata a Boselli.

Io ci rimasi parecchio dentro il mio acquario a pensare, e anche tornando verso casa me ne stavo ancora là dentro al riparo e intanto pensavo a questo abbandono, e mi dicevo che la maturità in fondo è saper affrontare senza timore le avversità, è non cedere alla voglia di piangere, guardare verso il futuro e considerare che ero appena diventato maturo e da pochi minuti ero entrato nella vita e la mia vita, tutto sommato, era ancora lí davanti che mi aspettava.

Cosí ripresi vigore, accelerai il passo e ancora non ero arrivato davanti al portone di casa che già il buonumore si era impadronito di me e i rumori del mondo avevano ripreso a farsi sentire.

Díte, finalmente sei sazio di briciole e allora ascolta anche tu perché forse puoi capire se non ho ragione a vedere un senso in quello che vi racconto. Come vi dicevo, aprii la porta di casa con il buonumore appena ritrovato perché in fondo avevo superato un ostacolo e, invece, mi ritrovai allo stesso punto di prima, nell'aula dell'esame. Infatti, anche se non c'era tutta una Commissione schierata ad aspettarmi ma soltanto mio padre e mia madre seduti dietro al tavolo di cucina, se ne stavano impalati proprio come i professori della mattina e le loro facce non esprimevano felicità o curiosità per la mia sorte: mia madre era seduta composta, con le mani unite e lo sguardo fisso verso un angolo della parete, mentre mio padre tamburellava con una mano sul piano del tavolo e con l'altra mi faceva cenno di venire avanti. – È andata bene, – dissi io convinto di poter spezzare quell'attesa imbarazzante. – Quindi sei maturo, – fece mio padre con naturalezza, e continuò subito: – Vedi figliolo, la maturità comporta l'assunzione di responsabilità piú grandi, come dire, la cessazione di uno stato di adolescenza nel quale ci si può permettere di non impegnarsi in modo diretto nei fatti della vita, perché ci sono gli altri, gli adulti, i genitori, i parenti, i professori che si prendono cura di noi. Ma arrivata la maggiore età, superata la Maturità, ci sono cose che un figlio adulto deve sapere, ci sono cose che un figlio adulto deve affrontare perché i suoi genitori, per esempio, non possono nascondergliele oltre, anzi, non sarebbe giusto che gliele nascondessero oltre –. La voce di mio padre stava diventando piú sicura e io temevo quel rinfrancarsi del tono che era spesso il segno di un lungo monologo che non permetteva replica. Non solo per la quantità di parole, ma per il ritmo serrato, le pause e i gesti delle mani che imponevano all'interlocutore di attendere la fine del discorso che altrimenti sarebbe stato monco e quindi strozzato e incomprensibile, mentre a me sembrava che fosse mio padre, e non il discorso, a rischiare di strozzarsi con quei grumi di parole che gli salivano e gli scendevano dalla gola, che diventavano acuti e poi fievoli, che parevano acquietarsi ma in realtà non si placavano mai. Io, mia madre o chiunque altro, rinunciavamo a inserirci nel fluire del ragionamento e, alla fine, ci abbandonavamo a quello che ci pareva un evento ineluttabile, come la pioggia durante un temporale, o il calore nel fuoco. Ma ora era successo davvero qualcosa di straordinario perché, dopo aver pronunciato «anzi, non sarebbe giusto che gliele nascondessero oltre», mio padre si era fermato, aveva posato lo sguardo sul tavolo di fronte a lui, e con la mano passava e ripassava il piano come si fa per pulire un vetro appannato. C'era un silenzio inusuale appena incrinato dal rumore sordo del palmo che sfregava sul legno, qualcosa di sinistro che avrei voluto interrompere. Allora, ruppi quell'attesa insostenibile con una domanda che risuonò nella cucina come un urlo, anche se fu emessa con la forza di un sussurro: – Cos'è che non mi potete piú nascondere oltre?

Per mio padre non fu facile spiegarlo, e non è facile neppure per me, adesso, dopo tanto tempo. E non solo perché sto parlando a dei piccioni ma perché non si può rivelare una specie di doppia vita al proprio figlio, all'improvviso, parlando pochi minuti dal pulpito di un tavolo di cucina. Perché di questo si trattava, amici, e capisco il suo imbarazzo, ma lui già da un paio di anni divideva la sua vita coniugale con un'altra donna, insomma, non so come spiegarvelo ma con mia madre le cose erano finite già da un pezzo e lui aveva una storia ben consolidata con un'altra, tanto che ora mi stava informando ufficialmente che sarebbe andato a vivere con lei.

– Ora sei un uomo, una persona maggiorenne, puoi assumerti le tue responsabilità e affrontare la situazione di fatto tra me e tua madre, che tra l'altro è perfettamente concorde, una situazione che non ti abbiamo rivelato subito per proteggerti da un eventuale dispiacere, poiché avrebbe potuto turbarti in un periodo cosí difficile come quello che hai appena concluso, con la fine della scuola, l'esame e tutto il resto.

Ecco che cosí me ne tornai nell'acquario da dove ero uscito poco tempo prima, a sentire la voce lontana di mio padre che mi forniva i dettagli dell'accaduto, a vedere mia madre che annuiva con un timido sorriso finché, alla fine di quel lungo monologo, l'uomo che avrebbe dovuto essere suo marito si alzò piú rincuorato, mi abbracciò e mi salutò con calore e sembrava una specie di soldato in partenza per il fronte o lo zio Elio, la volta che salpò per il Brasile dove doveva comprare una miniera, e ci salutò tutti con abbracci pieni di speranza che neanche Cristoforo Colombo. Solo che non era finito un anno e lo zio Elio era già tornato indietro senza un soldo perché l'affare gli era andato a buca, anche se poi lui raccontava che era stata la *saudade* a fregarlo, non altro, e non gli importava molto di chi insisteva a dire che la *saudade* ce l'avevano i brasiliani quando andavano via dal Brasile, mica gli italiani che ci emigravano. Ma lui no, ogni volta che mi salutava mi riabbracciava in quel modo, lo stesso che il giorno in cui era partito, mi appoggiava le mani tese sulle spalle, cacciava un sospiro lungo come il soffio di una locomotiva e diceva: «Ah, la *saudade*...»

Anche mio padre, appena terminata la spiegazione sulla responsabilità, quel giorno si piazzò di fronte a me e mi appoggiò sulle spalle le mani tese proprio come lo zio Elio quando era partito per il Brasile, cosí pensai che doveva trattarsi di un vizio di famiglia e che forse anche io un giorno avrei messo le mani tese sulle spalle di mio figlio e lo avrei abbracciato come stava facendo lui e anche io, a quel mio figlio, avrei detto qualcosa tipo: «Ah, la *saudade*...» o un qualsiasi altro saluto imbarazzato.

Ecco amici perché vi chiedo di stare attenti e

cercar di capire, perché è stato cosí che se ne andò e non è cosí che si dovrebbero salutare i figli, e inoltre la *saudade* la lasciò a me, se è vero che nell'acquario ci rimasi per un bel po', ascoltando da lontano mia madre parlarmi da dietro il vetro. Era il mio primo giorno di maturità e la cosa non mi stava piacendo affatto, poiché la novità che avrebbe dovuto portarmi la maggiore età sembrava consistere soltanto, nell'essere abbandonato da questo e da quello.

Ad ogni modo, nei giorni seguenti me ne stetti a casa, chiuso dentro il mio acquario, e non riuscii a pensare ad altro che all'accaduto, finché a forza di riflettere cominciò ad apparirmi normale che mio padre avesse fatto quella scelta, visto che si trattava della sua vita e io avrei dovuto condurre da solo la mia, perché ormai ero maturo, anche se la mia statura e tutto quello che già sapete non mi aiutavano molto a essere un uomo. Cosí, me ne stavo a casa e pensavo a questo nuovo abbandono e alla maturità che in fondo, mi dicevo, è ancora saper affrontare senza timore le avversità, è non cedere alla voglia di piangere per quella specie di rifiuto, guardare verso il futuro, considerare che da pochi giorni ero entrato nella vita e la mia vita, tutto sommato, era ancora lí davanti che mi aspettava e allora, ancora una volta, ripresi vigore, mi ritornò la voglia di uscire dall'acquario e di farmi riconquistare dal buonumore perché in fondo era bello risentire i rumori di fuori e poter finalmente partecipare alle cose del mondo.

Fu a questo punto che anche mia madre decise

di parlarmi, ed era poco che mio padre se ne era andato e io, ve lo stavo dicendo, avevo appena ricominciato a mettere il naso fuori di casa, a frequentare la biblioteca e a fare delle belle passeggiate che mi avevano ridato un po' di allegria. Forse, ora che ci penso, fu proprio perché mia madre mi vide nuovamente tranquillo che decise di parlarmi della nostra situazione tutt'altro che allegra, perché lei doveva far bastare i pochi soldi passati da papà il quale aveva motivato la modestia dell'assegno con la mia maggiore età, uno stato in cui avrei dovuto finalmente occuparmi in prima persona della mia esistenza. Data la situazione, anzi, fatta di necessità virtú, mia madre disse proprio cosí «fatta di necessità virtú», si trattava di trovare un sistema per racimolare un po' di soldi e quindi lei aveva pensato di affittare la mia camera, cosicché per il momento avrei potuto arrangiarmi sul divano del salotto, tanto poi avrei dovuto fare il militare e comunque il tempo passa in fretta e chissà cosa sarebbe successo di lí a qualche mese, magari avrei trovato un lavoro, me ne sarei partito, perché è cosí che fanno i figli, e il problema si sarebbe risolto da sé.

Inutile dirvi che mi ritrovai ad ascoltare questo discorso al riparo del mio acquario, a vedermi annuire al ragionamento di mia madre, e a conoscere il signor Mohamed quando venne a vedere la camera che liberai in fretta dalle mie cose. Lontano dai rumori del mondo trasferii i miei vestiti nell'armadio a muro dell'ingresso, i libri a cui ero piú affezionato vicino al telefono, con quelli del signor

Hrabal in cima alla pila e ancora una volta mi chiusi in casa a pensare, a riflettere su questa maturità che ormai era diventata per me una collezione di rifiuti, la disfatta di un esercito in ritirata: mi sentivo come un generale abbandonato, un Napoleone a Sant'Elena lasciato da tutti su quello scoglio isolato dal mondo e con l'oceano attorno.

Eppure la vita era appena fuori dalle tapparelle, pensavo, e in fondo anche il ragionamento di mia madre non era cosí sbagliato perché dovevo ancora passare la visita militare e finalmente mettere in pratica qualcosa piú direttamente legato alla mia maturità di quella sfilza di abbandoni e cosí, per l'ennesima volta, mentre me ne stavo chiuso nel salotto, pensavo a questa nuova situazione e alla maturità che in fondo è saper affrontare senza timore le avversità, è non cedere alla voglia di piangere per quella specie di disfatta, vedere le cose positive, immaginare il proprio futuro, e consideravo che comunque ero entrato nella vita solo da pochi giorni e la mia vita, quindi, era sempre lí davanti che mi aspettava, magari proprio al Distretto Militare dove forse avrei potuto diventare un uomo. Allora ripresi ancora vigore, mi ritornò la voglia di uscire dall'acquario e di farmi riconquistare dal buonumore, perché era bello risentire i rumori del mondo e poter finalmente partecipare alla vita con la forza della mia maturità.

Collocamento

A questo punto avrete capito cosa intendo dire quando affermo che in questa storia un senso ci deve essere se le cose mi hanno portato qui a parlare con due piccioni; e non dico questo per lamentarmi o ispirare pietà o altro: lo dico perché possiate capire quello che è stato e quello che mi illudevo potesse accadere perché nulla della mia vita, proprio nulla è andato come pensavo che andasse. Anche il giorno in cui mi presentai al Distretto Militare, per esempio, avrei dovuto intuire che non sarebbe stato facile sentire da quel posto i rumori del mondo come invece avrei desiderato io, perché persino il piantone si mise a ridere non appena mi vide arrivare, e disse che quello non era mica l'asilo infantile e bisognava avere almeno diciott'anni per fare il soldato; poi anche il tenente al quale consegnai la cartolina se la rise sotto i baffi e fece apprezzamenti pesanti sulla mia statura e sul mio viso senza l'ombra di un pelo. Lo diceva neanche troppo sottovoce, cosicché da un lato si potesse capire bene che stava scherzando senza offendere uno che comunque diciott'anni ce li aveva ed era un cittadino italiano, e dall'altro lato si potesse capire altrettanto bene che stava offendendo senza scherzare, perché non era ammissibile che pur avendo diciott'anni un soldato fosse alto l'inezia che ero io, anche se ciò non mi impediva di essere un cittadino italiano. Poco dopo anche l'Ufficiale Medico mentre mi misurava la circonferenza del petto, la statura e, scusate ma ve lo devo proprio dire, anche giú in basso, fece i suoi bravi apprezzamenti sulla scarsità della mia altezza, e intanto si teneva le mie cose in una mano e le palpeggiava piú o meno come avevo visto fare a mia madre con i pomodori del mercato, mentre le altre aspiranti reclute se ne stavano ritte in fila come se aspettassero di fare il biglietto alla stazione, soltanto che erano tutti nudi a parte le mutande, un enorme numero di mutande di ogni colore e forma, perciò tutta la scena non mi sembrò per niente dignitosa. Oltre tutto l'Ufficiale Medico continuava a fare battute sulla mia altezza e sulla lunghezza del mio coso che, fatte le debite proporzioni, secondo il suo autorevole parere era molto piú imponente della mia statura, e intanto ridacchiava e mi ordinava: «Tossisci» e siccome ero bloccato dalla considerazione di quella vergogna, quello si irritava sempre piú e continuava a ridacchiare e a ordinare con voce sempre piú forte: «Tossisci». Ma io avevo addosso gli sguardi di tutti e vedevo soltanto quelle mutande orribili che mi stavano davanti: slip a pallini, ampi boxer, brache enormi con il triangolino riportato, minuscoli tanga e non solo non riuscivo a tossire ma ero paralizzato dalla poca dignità di quella situazione che sembrava divertire tutti meno il sottoscritto, e cosí non riuscivo proprio a tossire perché, oltre tutto, sentivo nascere da in fondo, proprio dove l'ufficio militare continuava a palpeggiarmi, una specie di nausea che cresceva tra le risatine, i continui «Tossisci» e le orrende mutande che mi guardavano. E crescendo invadeva tutto il mio corpo e non mi lasciava tossire e saliva, saliva, saliva e si fermò solo quando finalmente si manifestò con un conato di vomito, liberandomi da quel senso di oppressione ma inondando l'Ufficiale che ancora stava là sotto a palpare le mie cose. Quello allora cominciò ad urlare cosí tanto che ebbi paura volesse mettermi le mani addosso, lui e gli altri militari che arrivarono, e le reclute che a questo punto non riuscirono piú a trattenere le risate mentre continuavo a pensare che la scena non era per niente dignitosa e tutto sommato non mi dispiacque molto che la mia visita medica avesse avuto per risultato non l'arruolamento, ma la riforma per insufficienza di altezza e per una diffusa labilità emotiva. Cosí capii che non avrei potuto esplicare la mia maturità neppure nella vita militare e questo mi fece ripiombare nel mio acquario per un buon numero di giorni.

Provate a considerare la situazione dal mio punto di vista e fate un bilancio della mia storia, cosí come tentavo di fare io in quei tristi momenti, accucciato sul divano del salotto. Provate, e vedrete che anche voi avreste cercato una via di uscita, un'idea, una possibilità per salvarsi da quello sfacelo. Inoltre niente di ciò che sapevo mi sembrava potesse servire, perché anche la disperazione incontrata nei miei libri era distante e neppure lontanamente paragonabile alla mia inutile maturità. Di nuovo passai i giorni a pensare e pensando consideravo le possibilità che mi restavano, e provavo a immaginarmi fino a che punto una persona potesse subire dei rifiuti senza sentirsi lei stessa un rifiuto; allora presi carta e penna e cercai di scrivere tutto quanto mi sembrava essere utile per uscire da quel salotto, però, per quanto mi sforzassi, non mi venivano in mente soluzioni. Un giorno arrivò lo zio Elio e cosí provai a manifestargli i miei dubbi ma da lui ricevetti solo l'ovvio suggerimento di cercar fortuna al di là dell'Oceano, facendo ben attenzione alle insidie della *saudade*. Mi parlò di certi suoi amici che avevano seguito il loro destino in Argentina trovando un lavoro da manovali e da lí erano saliti su su fino a diventare ricchi costruttori. Naturalmente mi posò anche le mani sulle spalle e mi augurò buona fortuna ma questa volta non fece: «Ah, la *saudade*» ma mi guardò fisso negli occhi e disse di non preoccuparmi troppo per come andavano le cose perché alla fine l'importante era tentare di capire quello che avrei voluto fare e, dopo averlo capito, provare a farlo, e mentre diceva queste cose a me venne in mente la solitudine troppo rumorosa del signor Hrabal e le parole che nel libro dice il suo Hanta, non il piccione che sei tu: quello che impacchetta la carta macerata. Allora mi precipitai sulla pila dei libri, presi la solitudine troppo rumorosa e l'aprii cercando proprio all'ultima pagina e lessi dove Hanta comprende che nulla al mondo dipende da come finiscono le cose, ma tutto è soltanto desiderio, volere e anelito e cosí sentii ritornare il buonumore perché in fondo non era cosí importante che Romina se ne fosse andata in Inghilterra con Boselli e che mio padre fosse sparito. Persino la mia camera perduta, il signor Mohamed e il salotto mi sembrarono insignificanti perché ero sicuro che ora avrei potuto entrare nel mondo da qualsiasi porta avessi trovato aperta poiché quello era il mio desiderio e quella era la mia volontà. Cosí continuai a pensare allo zio Elio e al signor Hrabal e mi rimase nella testa l'idea che avrei potuto davvero trovare un lavoro qualsiasi e da lí partire per vivere la mia maturità, e nessuno avrebbe potuto intaccare questo desiderio. Avrei sopportato ancora altri cento abbandoni prima di considerarmi battuto e cosí decisi che sarei entrato nel mondo affrontando qualsiasi lavoro che accettasse di essere fatto da me, quindi mi alzai dal divano e andai all'Ufficio di Collocamento.

In principio le cose non andarono troppo diversamente dal Distretto Militare: l'usciere al quale chiesi informazioni si premurò subito di avvisarmi che occorrevano almeno quattordici anni per avere il libretto di lavoro e, una volta superata quella prima difficoltà, dovetti passare l'esame dell'impiegato allo sportello.

– Hai già avuto esperienze lavorative?

– Nessuna, signore.

– E cosa gradiresti fare?

– Qualsiasi cosa mi permetta di lavorare, signore.

– Ma in che settore?

– In qualsiasi settore, signore, – e intanto pensavo che non avrei ceduto neppure di un millimetro, anche se quello avesse continuato a farmi domande per un'altra ora.

– Com'è la tua situazione familiare? – fece a un certo punto lui e io di rimando lo informai che non era molto buona, non nel senso dei rapporti umani, poiché dopotutto, passato un primo momento di sconforto, l'affetto verso i miei genitori era rimasto immutato, ma era la condizione economica a non essere troppo brillante a causa di quello che già sapete e che gli riferii con tutta la precisione possibile, cosicché, a mano a mano che raccontavo, l'impiegato pareva interessarsi alla mia storia. Si mise a braccia conserte e mi guardò attentamente e mentre gli raccontavo del mio esame di maturità, annuiva, sottolineava i fatti scuotendo la testa e addirittura, quando gli parlai della mia camera e del signor Mohamed, si tolse gli occhiali e con il pollice e l'indice strinse il naso proprio in mezzo agli occhi che tenne serrati come se fosse immerso in un profondo raccoglimento prolungato ancora di qualche secondo oltre la fine del mio racconto.

– E tu con tutti questi guai proprio qui vieni? – mi disse quando si riprese da quella sorta di torpore e cominciò a fare un lungo discorso sul fatto che non era certo l'Ufficio di Collocamento il posto migliore per trovare un'occupazione, poiché le offerte di lavoro erano davvero scarse. Inoltre il mio diploma di maturità non solo sarebbe servito a poco ma addirittura sarebbe stato di intralcio e in ogni caso avrei fatto bene a non riporre molte speranze nell'eventualità che lui mi risolvesse il problema consigliandomi, invece, di iniziare piuttosto una ricerca tra conoscenti, ricorrere alle inserzioni, battere porta a porta gli esercizi commerciali. Cosí, mentre enumerava le infinite possibilità al di fuori della sua competenza, sentii per la prima volta nascere dentro di me la voglia di non arrendermi a un nuovo rifiuto e, forte di questa convinzione, lo lasciai terminare e sfoderai le parole del signor Hrabal come la spada della riscossa: – La ringrazio infinitamente, signore, terrò i suoi consigli nella dovuta considerazione, ma è mio preciso desiderio cercare un lavoro per poter finalmente avere il mio posto nel mondo. Non tralascerò di farlo altrove, ma intanto lei abbia la compiacenza di iscrivermi poiché non è cosí importante il trovare in sé quanto l'avere volontà di farlo.

Non so se fu il tono perentorio con cui risposi o se forse mi ritenne un esaltato a cui non dar retta piú di tanto, ma fece un sospiro rassegnato e mi consegnò un tesserino sul quale lessi con emozione la dicitura che per me rappresentava il primo segno di rivincita dopo tante sconfitte: «Persona in cerca di prima occupazione». Uscii dall'Ufficio rincuorato e pieno di speranza. Settembre stava finendo e all'improvviso avvertii che l'estate era passata in un lampo e io non mi ero accorto di nulla, come se le cose vissute in quei pochi mesi mi avessero nascosto il tempo e solo allora, con il mio bel tesserino rosa in tasca, risentii intorno a me il ticchettare dei minuti, lo scivolare delle ore del mattino verso la notte e il ritmo ormai esitante dei giorni estivi che si stavano infilando nell'autunno.

Mi sembra di ricordare che i piccioni non siano migratori, eppure sono sicuro che siete in grado di capire la sensazione di passaggio di cui sto parlando, forse la stessa che anche voi provate quando cambia la stagione e questo scorrere pare l'unica certezza della vita, la stessa che percepivo mentre tornavo a casa quel giorno. L'indomani fui tra i primi a entrare al Collocamento, in uno stanzone enorme e ancora mezzo vuoto dove poco dopo avrebbero letto pubblicamente le offerte di lavoro. Quella fu proprio una prova dura: la prima volta è sempre la peggiore, e per farmi forza ripensai allo zio Elio e ai suoi racconti del giorno in cui si era imbarcato per il Brasile, la confusione, la puzza e il vago senso di angoscia che prende tutti, credo anche i piccioni, ogni volta che si comincia un viaggio o un'impresa nuova. Là non c'era la banchina di un porto e, ovviamente, non c'era neppure una nave, ma il resto penso fosse stato uguale. Mi pareva di essere in una casbah e mai prima di allora mi era capitato di vedere tutta assieme tanta gente diversa. Inoltre sembrava che tutti si conoscessero e parlassero tra loro di cose risapute, producendo un tale baccano da dover per forza alzare la voce per comunicare con la persona accanto, e cosí tutti aumentavano il tono per farsi sentire col risultato di non capir nulla e creare ancora piú baccano.

Per farmi coraggio decisi di chiedere qualche informazione al mio vicino, proprio come lo zio Elio ci raccontava di aver fatto sul ponte della nave mentre si staccava dal molo e lui aveva la gola strozzata dalla paura, perché era stato cosí, diceva con convinzione, che era riuscito a vincere il terrore e partire, e sottolineava che in quel modo nascevano le vere esperienze della vita e in quel modo si comportavano i veri uomini, anche se noi sapevamo che proprio il tipo conosciuto in quell'occasione gli aveva fregato l'affare della miniera l'anno dopo. Cosí mi voltai verso destra e attesi il momento adatto per urlare una domanda qualsiasi alla persona seduta al mio fianco, ma lei pareva non accorgersi di me e continuò a parlare con questo e con quello.

– Mi scusi signore, – gridai invano un paio di volte mentre il mio vicino a sua volta stava urlando qualcosa al suo senza dar segno di avermi sentito, ma mentre urlavo e mi sforzavo di attirare la sua attenzione mi accorgevo che quel primo paio di frasi strillate mi stava facendo passare la paura e allora continuai a gridare mentre l'altro si filava solo la gente dal lato opposto, e piú urlavo piú mi sentivo rinfrancare.

– Ci saranno molte offerte?

– Crede che dovrò attendere molto? – sbraitavo. – E lei, da quanto tempo aspetta? – e altro che ora non ricordo ma che continuai a rivolgergli finché un paio di impiegati salirono sopra una specie di palco in fondo alla sala, e quasi all'istante la confusione si placò e tra l'eco delle urla che si andavano spegnendo sentii finalmente il mio vicino dirmi: – Stai tranquillo piccolo, tanto tutto questo non serve a niente...

Difatti devo confessarvi che la mia prima impressione di quel giorno fu piú o meno la stessa, perché da tutta quell'attesa e da quella baraonda saltarono fuori soltanto un paio di posti da manovale, tre per autisti con patente C, due apprendiste commesse, un giardiniere qualificato e qualche altra sostituzione di personale in malattia o in maternità lasciati per ultimi in una specie di sezione detta dei «tempi determinati». E non è che io mi tirassi indietro: mi presentavo a ogni offerta compatibile con i miei requisiti, anche a quelle dei «tempi determinati», ma puntualmente venivo scartato perché c'era sempre qualcuno che aveva la precedenza, dato che il mio punteggio di graduatoria era tragicamente basso e le offerte erano poche. Cosí la mia posizione migliorava con una lentezza biblica, tanto che una mattina, aiutato dallo zio Elio e dal suo inseparabile regolo, calcolammo una sorta di andamento statistico secondo il quale, di quel passo, sarei arrivato ai primi posti della graduatoria tra non meno di cinque anni. Di fronte al mio scoramento lo zio Elio non tralasciò di appoggiarmi le braccia tese sulle spalle e augurarmi buona fortuna, raccontandomi ancora dei suoi amici laggiú in Brasile e dicendomi di non preoccuparmi troppo per come andavano le cose perché comunque l'importante era che avevo capito cosa volevo fare e stavo provando a farlo, e mentre lui parlava mi tornarono in mente le parole della solitudine troppo rumorosa del signor Hrabal, mi riprese subito il buonumore e il Collocamento mi sembrò ancora il luogo da dove avrei potuto cominciare a entrare nella vita.

Le mie giornate erano ormai cadenzate dall'andare e venire giornaliero tra quell'ufficio e il salotto, due mondi opposti e paralleli dove alternavo tranquillità e confusione: la tranquillità della mia camera per pensare, leggere i giornali e annotare le eventuali offerte di lavoro, la confusione del Collocamento nella quale mi sentivo uomo di azione che si temprava ogni giorno di piú alle difficoltà, mentre le settimane passavano in fretta e nulla si scostava da questo rituale giornaliero. Ormai nello stanzone ero conosciuto e avevo allacciato rapporti con una mezza dozzina di disoccupati con i quali scambiavo qualche parola, tutta gente che non mi incoraggiava piú di tanto sull'utilità di quella mia frequentazione. Avevo conosciuto il signor Muzzi, tra tutti il piú rassegnato. «L'importante è rimaner qui per almeno qualche anno, cosí ci daranno la pensione da disoccupati» era la sua battuta piú divertente, ma dopo averla sentita almeno tre volte al giorno nessuno di noi aveva piú il coraggio di sorridere. Oppure dovevo fare i conti con il pessimismo mistico del signor Malerba il quale, non appena appariva l'impiegato a leggere le offerte, recitava la sua immancabile litania: «Fai la grazia Padre Pio, fai uscire il posto mio, Padre Pio fammi la grazia, fai finire la disgrazia». Soltanto che a ogni possibilità d'impiego opponeva con espressione dispiaciuta ora l'obiezione che l'offerta era a un livello contrattuale troppo basso, ora che là ci aveva già lavorato e non valeva la pena, ora che la lavorazione era pericolosa e talvolta persino il fatto che il posto era troppo distante da casa sua. – Cosa volete, – si giustificava allargando le braccia, – mica posso spendere tutto lo stipendio in benzina! Ho una famiglia da mantenere, io –. Perciò la nostra attesa al Collocamento terminava quasi tutti i giorni con un mogio sciamare, ognuno assorto nei propri pensieri e con la voce del signor Malerba che snocciolava ritmicamente: – Eh, qui ci vuole un miracolo, qui ci vuole solo un miracolo.

E il miracolo accadde, nei primi giorni di ottobre. Era una giornata piovosa, lo ricordo benissimo, e tutto era identico agli altri giorni. La sveglia, la colazione da solo in cucina, il tragitto a piedi per risparmiare i soldi del bus, lo stanzone del Collocamento, le solite quattro chiacchiere coi vicini di posto, la confusione che aumentava e poi cessava all'entrare dell'impiegato che leggeva le solite misere richieste, il signor Malerba che si sarebbe offerto se non ci fosse stato questo o quello, e poi il limbo dei «tempi determinati», preda sicura delle centinaia di persone che mi precedevano in graduatoria. Ma qualcosa quel giorno andò diversamente perché, alla lettura di un'offerta che non capii bene, nessuno alzò la mano e nessuno si precipitò verso la scrivania come invece accadeva solitamente in quelle occasioni. Percepii il brusio dei presenti simile a un mormorio che aveva il tono di una generale giustificazione. Il signor Malerba vicino a me già stava avanzando la scusa del caso quando sentii le parole un po' spazientite dell'impiegato: – Insomma, possibile che non ci sia nessuno disposto ad accettare?

– Ad accettare cosa? – dissi alzandomi dalla sedia un po' titubante. Fui sommerso da un coro di risposte, in una confusione totale di voci e urla dalle quali riuscii a captare soltanto alcune parole che non mi parvero incoraggianti.

L'impiegato mi guardò fisso come si guarda uno scolaretto impertinente, riportò la calma con un gesto imperioso e scandí: – Offerta di tre posti di operatore ecologico, per sei mesi di lavoro a tempo determinato presso l'Azienda Rifiuti Inquinamento e Ambiente con mansioni generiche di raccolta rifiuti solidi e manutenzione arredo urbano, nettezza strade e aiuole, disinfestazioni in genere e spurgo pozzi neri –. Sicuramente dette altre indicazioni sull'inquadramento contrattuale e, se ben ricordo, sull'eventualità di una proroga di sei mesi, ma io a quel punto già ero sopraffatto dall'emozione perché, se il fatto che l'offerta fosse adatta ai miei requisiti non era cosa nuova, questa volta ero io l'unica persona che stava rimanendo in piedi con il braccio alzato e il tesserino rosa ben in mostra, ed ero solo io che facevo il tragitto dal mio posto alla scrivania, e intanto pensavo che tutto si sarebbe risolto in nulla perché tra un attimo si sarebbero alzate altre persone e cosí sarei stato ancora una volta l'ultimo della graduatoria. Mentre pensavo mi sembrava di camminare per chilometri, in mezzo ai disoccupati che ridevano e mi dicevano che avevo scelto proprio una bella carriera, che quello sarebbe stato certamente un lavoro di merda e che avrei dovuto far attenzione a non cadere dentro un cassonetto. Urlavano, ridevano e lanciavano queste frasi quasi fossi un condannato che stava andando al patibolo, mentre io andavo solo a tentare di prendere un lavoro per mettere in pratica le parole del signor Hrabal ed essere finalmente un uomo.

Fu cosí che si compí il miracolo e quando quell'interminabile cammino cessò mi ritrovai di fronte alla scrivania e con me non c'era nessun altro disoccupato: non ci fu neppure bisogno di fare la graduatoria e controllare i punteggi perché l'impiegato mi consegnò subito un foglio azzurro con tutti i timbri del caso e mi raccomandò di presentarmi l'indomani mattina alla sede dell'Azienda Rifiuti per l'assunzione. Non so perché, ma mi aspettavo che aggiungesse qualcosa per rendere piú solenne quel momento cosí importante, una parola di congratulazione, un complimento, magari un augurio come certamente avrebbe fatto lo zio Elio mettendomi le braccia sulle spalle e ricordando il Brasile, e quindi me ne stetti ancora un po' davanti all'impiegato in attesa di quell'abbraccio finché quello, guardandomi fisso negli occhi con un'espressione di compatimento, disse: – Senti bello, io piú del nullaosta non ti posso dare. Per il lavoro devi andare all'ARIA.

La mattina mi trovò con quel foglietto pieno di timbri in mano, pronto a intraprendere il viaggio verso l'Azienda Rifiuti Inquinamento e Ambiente. Immaginate l'emozione, la preoccupazione, le paure che provai in quella notte di attesa, disteso sul divano del salotto senza riuscire a chiuder occhio, la testa affollata di pensieri. Dall'entusiasmo piú sfrenato, per l'immagine del mio prossimo futuro con una vita tutta mia, una mia stanza, i colleghi di lavoro, e mille altri scenari che la fantasia mi dettava, passavo alla depressione piú nera, per il timore che l'indomani l'Azienda non mi avrebbe assunto: avrebbero riso della mia statura e della mia inesperienza, e mi avrebbero rimandato ad aspettare nello stanzone, in mezzo alle urla e allo scherno dei disoccupati. Oppure no, mi avrebbero assunto, ma io non sarei stato all'altezza, avrei combinato qualche guaio, magari sarei cascato in un pozzo nero e sarei diventato lo zimbello dei colleghi. E quelle due parole, pozzo nero, non erano già loro stesse terrificanti? In fondo, cosa ne sapevo io di pozzi, di fogne, di pattumiere, di arredo urbano? Da questo abisso risalivo pensando che si trattava comunque di un'offerta di lavoro generico e quindi molto semplice, qualcosa da poter imparare presto, ma subito ripiombavo nel buio pensando che la mia pochezza fisica avrebbe retto male a un probabile duro lavoro. Del resto, mi suggeriva la ragione, perché tutti gli altri disoccupati avevano rifiutato l'offerta se si fosse trattato di qualcosa di agevole? Ma che m'importa, mi avvertiva l'istinto, proverò, ce la metterò tutta, sicuramente ci riuscirò.

Tra queste montagne russe di dubbi e entusiasmi affrontai il viaggio in autobus verso la sede dell'ARIA, dall'altra parte della città, in una specie di capannone che un tempo era stato un'acciaieria e ora, ristrutturato, conteneva le attrezzature e i mezzi per la nettezza urbana. Una palazzina di vetro e cemento di recente costruzione campeggiava sull'ampio piazzale di ingresso e accanto all'entrata c'era un enorme cartello con un bel fiore stilizzato, verde e giallo in campo azzurro, mentre, accanto, una specie di slogan recitava: «ARIA: niente di piú pulito!»

Mi presentai all'usciere con il mio foglietto azzurro e questi mi squadrò dall'alto in basso con aria perplessa. – Ma questo sei tu o è tuo padre? – disse poi indicando il nome sul nullaosta.

– Sono io, signore, – risposi con decisione. – Forse non si vede, ma ho compiuto da un pezzo i diciotto anni e sono qui per lavorare, – ma quello rimaneva perplesso: si era tolto il berretto con la visiera, continuava a guardare ora me ora il foglietto e intanto si grattava la testa borbottando: – Qui ormai siamo peggio di Hitler al fronte, – e continuava a meditare sul da farsi. – Ormai arruoliamo anche i ragazzini, – diceva e io cominciavo a spazientirmi di quei ragionamenti senza senso, finché decisi di spiegargli che non ero là per essere arruolato e che il signor Hitler aveva sbagliato certamente molte cose e comunque qui non si trattava di una guerra ma di un lavoro a tempo determinato, infine gli chiesi se poteva essere cosí cortese da indicarmi l'ufficio al quale dovevo presentarmi. Cosí l'usciere smise di grattarsi la testa e si rimise il berretto, indicandomi l'ascensore per l'Ufficio Personale ma, mentre le porte scorrevoli si richiudevano, non tralasciò di allungare il braccio verso di me e dire a voce alta: – È una guerra, non credere. È proprio una guerra.

L'Ufficio Personale era in fondo a un lunghissimo corridoio e mi sembrò che gli impiegati già mi aspettassero poiché sui loro visi notai subito un'espressione di curiosità e qualche furtiva risatina, al punto che decisi di precisare una volta per tutte come stessero le cose: – Buongiorno, signori, – dissi con garbo ma tutto d'un fiato, – sono stato mandato dall'Ufficio di Collocamento con un regolare nullaosta per il lavoro di operatore ecologico, sei mesi a tempo determinato con mansioni generiche di raccolta rifiuti solidi urbani, manutenzione arredo urbano, nettezza strade e aiuole, disinfestazioni in genere e spurgo pozzi neri. Anche se la mia statura non è delle piú imponenti, vogliate credere che ho un grande desiderio di lavorare, non solo perché mio padre mi ha abbandonato e mia madre ha dovuto affittare ad altri la mia camera per andare avanti, ma soprattutto perché ho la precisa volontà di conoscere la vita attraverso il lavoro e diventare un uomo adulto e capace di affrontare il proprio destino al di là di apparenze che certo non operano a mio favore. Trattandosi della mia prima esperienza lavorativa, vi prego di voler essere il piú possibile pazienti e di darmi tutte le informazioni utili a far sí che possa realizzare senza troppi ostacoli il mio desiderio, la qual cosa, come dice il signor Hrabal, assieme alla volontà e all'anelito è il vero scopo della nostra esistenza.

La mia lunga dichiarazione ebbe l'effetto sperato, perché cessarono immediatamente gli sguardi di cui vi parlavo e in pochi minuti una gentile signorina mi fece compilare un paio di moduli e mi spiegò dove si trovava l'Ufficio Economato per il ritiro degli indumenti di lavoro. Il tutto fu eseguito nel piú assoluto silenzio mentre gli altri due impiegati sbrigavano le loro pratiche senza alzar gli occhi dalla scrivania. Soltanto alla fine, dopo che, ritirate le carte, avevo rivolto loro un «grazie» e un «arrivederci», il piú anziano dei tre mi interpellò con un certo timore. – Mi scusi, – disse con la mano alzata come per trattenermi un attimo, – chi è quel signor Hrabal di cui lei parlava poco fa? – e cosí io precisai soddisfatto: – Uno scrittore ceco signore, anzi cecoslovacco, – e mi avviai verso l'Ufficio Economato.

Beati gli animali che non hanno bisogno di divise, mentre noi umani ci complichiamo la vita con tutta una serie di assurdi paramenti, quasi sia un vestito a renderci migliori, anche se nel caso degli operatori ecologici devo ammettere che la necessità non è estetica ma piú che altro pratica, perché abbiamo bisogno di essere ben visibili in mezzo alle strade, di giorno come di notte, e nello stesso tempo dobbiamo anche proteggerci dal sudicio e da certi rifiuti duri o taglienti che talvolta possono essere molto pericolosi. In fondo poi, a pensarci bene, io sono orgoglioso della mia divisa perché si vede persino da lontano che sono uno che lavora e che la vita se la suda. Però questo lo dico ora che lavoro da mesi e ho passato quello che ho passato, ho imparato molto, ho incontrato l'immondizia e la gente sporca, ho capito cosa sono i rifiuti e cosa c'entrano nella nostra vita e soprattutto ho conosciuto il signor Lupo.

Ma voglio andare per ordine, se no alla fine non riuscirete a capir niente e allora ritorniamo all'Ufficio Economato e alle divise, che sono state per me un problema perché non è facile, per uno alto neanche un metro e quaranta, trovare bella e fatta una buona divisa da operatore ecologico. – Ci sono degli standard, ragazzo, – mi disse l'economo, – e tu negli standard non entri neanche se ti ci spingo, – ma mentre lo diceva sorrideva e finalmente non mi trattava come fossi una stranezza da baraccone. Del resto anche lui non scherzava perché il signor Panza, questo era il suo nome, negli standard ci rientrava malissimo, ma nel senso opposto. Infatti era alto piú di due metri e non era certo una piuma, perciò probabilmente comprese all'istante il mio problema e mi mise subito a mio agio. – Vieni qui, ragazzo, che ti prendo le misure e vediamo come possiamo cavarcela, – e intanto cercava di passarmi le sue enormi braccia attorno al torace mentre io mi sentivo una pulce in procinto di essere schiacciata da un elefante. Inoltre, non crediate che misurarmi sia stato cosí semplice come può sembrare all'apparenza, perché il signor Panza, per poterlo fare, avrebbe dovuto piegarsi e inchinarsi molto in basso e un po' per la sua altezza, un po' per la stazza, non ci riusciva con facilità e sbuffava e imprecava, cosí alla fine decise che avrei collaborato io stesso alla mia misurazione. Si sdraiò per terra come un meccanico sotto una vettura e mentre con una mano teneva fermo un capo del metro da sarto, con la voce mi indicava il punto in cui dovevo appoggiare l'altro capo. – Punta all'inizio del collo, proprio lí dove la gola ha una rientranza ed è piú morbida. Quanto è? – e io impalato per non perdere la misura tenevo il pollice ben incollato al metro e rispondevo serio: – Centosei centimetri, signore!

– Ora vai fino all'altezza della cintola e dimmi quanto fa!

– Settantotto, signore!

– Cavallo?

– Sottoascella? – e via via mi misurò tutto, con quegli ordini gridati dal basso mi prese ogni misura necessaria a confezionare i miei indumenti di lavoro: una mantella impermeabile per il maltempo, una giacca a vento per l'inverno con sovracalzoni impermeabili, un giubbetto senza maniche rinforzato in lana di ferro da usare con i decespugliatori, un giubbetto normale e un paio di calzoni di ordinanza, il tutto in un verde brillante con inserti gialli che riprendevano i colori del fiore nel logo dell'Azienda, a eccezione del giubbetto che era di un arancio vivo con bande fosforescenti.

Una volta tornato in posizione eretta, Panza tirò fuori dalla sua scrivania una mezza dozzina di campionari per mostrarmi gli indumenti e studiare le taglie. Si chiuse in un silenzio durante il quale consultava ora le tabelle, ora il foglietto su cui aveva riportato le mie misure, e poi, dopo dieci buoni minuti, mi riferí che l'unico modo veloce per farmi una divisa sarebbe stato utilizzare la taglia piú piccola da donna, opportunamente modificata. Mi accompagnò verso la porta dell'ufficio appoggiandomi un braccio attorno alle spalle e camminando con le ginocchia quasi piegate. – Tranquillo, – mi disse, – domattina hai tutto pronto. Ti cambio anche l'etichetta, cosí quelle bestie dei tuoi colleghi non si accorgeranno mai che sono vestiti e misure da donna. Sarà un segreto tra me e te –. Poi mi porse la sua mano enorme: – Ora vai dall'Ingegnere a imparare il mistero delle tre cose piú importanti di questa Azienda, – quindi mi congedò strizzandomi l'occhio.

L'ultimo appuntamento della giornata era infatti dal Direttore che tutti all'ARIA chiamavano semplicemente «l'Ingegnere». Aspettai una buona mezzora prima di essere ammesso alla sua presenza e durante tutto quel tempo le parole di Panza mi risuonarono in testa. Quale mistero mi avrebbe svelato l'Ingegnere? Quali erano le tre cose su cui si reggeva l'Azienda? Era cosí che si entrava nella vita? In quel momento mi sentii smarrito e agitato e, nonostante il buonumore che le due prime prove mi avevano regalato, l'ultima rivelazione dell'economo mi stava di nuovo facendo precipitare nell'abisso della depressione. Sarei stato in grado di comprendere cosa aveva intenzione di dirmi il Direttore?

Mentre questi interrogativi mi giravano per la mente, come ogni attesa, anche quell'interminabile soggiorno cessò e la segretaria mi invitò a entrare. Immaginate il mio stato d'animo: da quel colloquio sarebbe probabilmente dipeso molto della mia futura vita, e quindi teso e rigido come uno stoccafisso, mi presentai al cospetto dell'Ingegnere, il quale, da parte sua, non sembrò accorgersi per nulla del fatto che ero entrato e continuò tranquillamente a consultare certe sue carte. Passarono alcuni minuti e stavo considerando se fosse opportuno cercare di attirare la sua attenzione con una frase gentile oppure un leggero colpo di tosse quando l'Ingegnere si girò verso di me e, come se già da tempo fossimo in conversazione, disse: – Dunque, lei è un nuovo assunto dell'ultimo gruppo a tempo determinato, – e mentre parlava mi scrutava e una chiara espressione di sorpresa si andava dipingendo sul suo volto, le sue parole rallentarono il ritmo e persero il tono deciso con cui erano state emesse. Mi sentii perduto ma pensai di far valere il mio diritto in ogni modo. – In verità piú di un gruppo sono io solo, l'unico che ha accettato l'offerta. Sono giovane e inesperto, signore, ma le assicuro che voglio iniziare a lavorare in questa Azienda con tutto me stesso.

La mia sincerità dovette piacergli perché annuí aprendosi in un sorriso, anche se non si risparmiò una battuta in risposta alla mia ultima frase. – Le credo, anche se tutto lei stesso non è poi molto... – e continuò: – Vede, la nostra è un'Azienda di punta e assolve a un compito di primaria importanza nella società di oggi: la pulizia e la conservazione dell'ambiente in cui viviamo –. Intanto si era alzato dalla scrivania e si era diretto verso un pannello su cui campeggiavano fotografie di mezzi meccanici e altre diavolerie. – L'ARIA dispone al momento di strumenti all'avanguardia per la raccolta dei rifiuti, il loro trattamento e il loro smaltimento, e, d'accordo con i maggiori enti della zona, si sta sforzando di fare un ulteriore passo in avanti verso il futuro, grazie alla costruzione ormai quasi ultimata del piú grande inceneritore della regione, – e cosí dicendo aveva fatto scorrere sopra il pannello una grande fotografia di un immenso complesso di torri e ciminiere che pareva un castello medioevale.

– Ordunque, noi abbiamo bisogno di personale motivato e deciso, che assolva ai compiti non solo come dovere professionale ma con la coscienza di un operatore civile. Non le nascondo che, qualora lei si dimostrasse in possesso di queste qualità, questi primi sei mesi potrebbero essere solamente un periodo di addestramento verso funzioni ben superiori che le saranno offerte dall'apertura ormai imminente del nostro inceneritore –. Io ascoltavo l'Ingegnere sull'attenti e ben concentrato, per non lasciar sfuggire neppure una sillaba di quello che stava dicendo, perciò mi accorsi quasi subito che la parola «Inceneritore» provocava in lui una specie di estasi ogniqualvolta si trovava a pronunciarla.

– In definitiva, mio caro ragazzo, l'impegno che lei va ad affrontare si profila come un'occasione unica non solo per l'aspetto professionale, ma per le implicazioni sociali e civili correlate a esso. Pertanto nell'augurarle il miglior futuro in questo suo difficile e importante compito, le raccomando le tre cose a cui tengo principalmente e che sono il segreto del perfetto funzionamento della nostra Azienda.

L'Ingegnere si era fermato e mi guardava fisso negli occhi mentre io pensavo che il momento tanto atteso era giunto e adesso non mi sarei dovuto distrarre per non far brutta figura nel caso mi chiedesse di ripetergli qualcosa e cosí, mentre tentavo di esercitare al massimo la mia attenzione, quello cominciò con solennità e lentezza a enumerare i famosi concetti sottolineandoli con l'agitare della mano verso l'alto: – Serietà, – disse con il pollice ben teso. – Serietà, – fece ancora una volta, ma questa volta aggiungendo l'indice. – Serietà, – ribadí per la terza volta assieme al medio che andò a unire alle altre dita, e restò cosí, immobile come una specie di Statua della Libertà.

Ora direte che invece di concentrarmi sulle singole parole avrei fatto meglio a considerare il modo di parlare dell'Ingegnere nel suo complesso e afferrare al volo che si trattava di una forma retorica. Certo, forse lo avrebbero capito tutti, come certamente lo capirei anch'io, adesso, perché ho vissuto tutte queste cose e le sto raccontando, e pure se sto parlando con dei piccioni so perfettamente che è come se stessi parlando a me stesso. Ma quel giorno, Hanta, quel giorno ero quello che ero, e alla terza volta che l'Ingegnere disse: «Serietà», pensai, «ecco, non ho fatto attenzione e ho capito male» e subito dopo credetti che forse era lui a non ricordarsi tutti e tre i concetti e quindi stava soltanto ripetendone uno per cercare di farsi venire in mente gli altri e cosí, educatamente, per non intromettermi in quel suo imbarazzante vuoto di memoria, me ne stetti zitto e immobile in attesa.

L'Ingegnere però era rimasto sorpreso da quella mancanza assoluta di reazione a un discorso che, con ogni probabilità, aveva già ammannito ai dipendenti chissà quante altre volte e, colpito da quel fiasco retorico, se ne stava impietrito a fissarmi, in attesa di una mia risposta, se pur tardiva. Ora, non è che si possa reggere piú di tanto una situazione del genere, con tutto quel silenzio e quegli sguardi, e cosí decisi di rompere gli indugi, se non altro per rispetto nei confronti di una persona piú anziana di me che in quel momento mi sembrava in grande difficoltà. Cosí, sorridendo, dissi all'Ingegnere con il tono piú amabile che conoscevo: – Serietà, certamente, non dubiti. Per gli altri due concetti non importa, me li dirà in un altra occasione, – ma appena ebbi finito di parlare mi accorsi del disastro che avevo combinato perché, alle spalle dell'Ingegnere, proprio sotto il grande logo dell'Azienda che campeggiava dietro la scrivania, c'era un altro quadro piú piccolo dove, con un minimo sforzo si poteva leggere chiaramente, in bella calligrafia, la scritta: «Serietà, serietà, serietà».

Ecco come entrai all'ARIA, con quell'equivoco che ancora una volta avrei dovuto interpretare come un segno del destino da accogliere con fierezza e non, invece, cercando di arginare lo sguardo fisso dell'Ingegnere, probabilmente intento a capire se si trovasse di fronte a un furbo eversore o a un innocuo, candido, piccolo imbecille.

Lupo

Díte, vieni qui anche tu con Hanta e ascolta. L'infermiere non si vede ancora e io ne approfitto per entrare nel vivo della storia. Preferisco sorvolare su come andò a finire il colloquio con l'Ingegnere: dirò soltanto che mi ordinò di presentarmi il giorno successivo al Primo Reparto, dal signor Luporini che sarebbe stato il mio capo e il mio istruttore, e la cosa mi bastò perché, fatto salvo lo spiacevole equivoco sulla serietà, in fondo era andato tutto bene. Avevo ottenuto l'assunzione e questo per il momento davvero mi bastava.

Ma la notte, steso sul divano del salotto, consideravo che del mondo non sapevo nulla e il nuovo lavoro mi spaventava. Piccolo e insicuro com'ero, pur con tutta la volontà suggerita dal signor Hrabal, sarei stato comunque un fuscello perso nella burrasca dei rifiuti, soffocato dalla puzza dei cassonetti, accecato dalla polvere delle strade. Inoltre, riflettevo con malinconia, non avevo piú un padre per guidarmi e darmi conforto, perché è a questo che i padri dovrebbero servire, non solo a fare rimbrotti e filippiche sulla vita, quella degli altri, mentre la loro fila liscia come l'olio. Non avevo nemmeno una madre, anche se dormiva nella stanza accanto, perché la vedevo piú in difficoltà di me, fragile, depressa, e anche in questo caso penso che se un figlio ha bisogno, sua madre dovrebbe essere piú forte e sapere cosa dirgli, se non altro per giustificare il fatto che molto tempo prima ha deciso di metterlo al mondo.

Disteso sul divano pensavo a tutto questo e mi sentivo solo, ma non piangevo, anzi, mi sforzavo di tenere la dignità alta perché ancora consideravo il pianto un ostacolo alla maturità che desideravo. In quella notte di pensieri bui passavo in rassegna la mia disperazione e mi sentivo solo, allora ingannavo le ore aspettando il mattino e facevo l'inventario di chi o che cosa avrebbe potuto aiutarmi a trattenere quel pianto che altrimenti mi avrebbe soffocato e alla fine dell'indagine gli unici appigli risultarono essere quel mio lavoro sconosciuto, le parole del signor Hrabal e l'abbraccio dello zio Elio.

Cosí, al mattino presto, prima di presentarmi all'ARIA, suonai il campanello di mio zio. Era ancora in vestaglia, una vestaglia di seta orientale che lo faceva apparire una geisha un po' assonnata, e già a quell'immagine mi tornò il buonumore e la voglia di ridere senza timori. Dopo aver ascoltato i miei dubbi e le mie preoccupazioni lo zio prese subito in mano la situazione e si mise all'opera senza indugio. – Seguimi, – ordinò con un gesto regale della mano e mi guidò verso la cucina. – Il requisito fondamentale per un lavoratore sano ed efficiente è il suo appetito, – disse, – da cui ne consegue che è indispensabile occuparsi del tuo cestino del pranzo, – e mentre parlava aveva già preso dalla dispensa una pagnotta e la stava affettando in fette regolari e sottili. Intanto mi dava indicazioni perentorie segnando gli oggetti con l'indice teso, come un direttore d'orchestra fa con la sua bacchetta: – Là, prendi tonno e maionese. Sportello a destra, affettati. Cassetto in basso, tovagliolo di carta –. E mentre indicava, tagliava, arrotolava, spalmava e nello stesso tempo impartiva ordini e consigli secchi e categorici, come fanno i chirurghi durante un'operazione: – Apriscatole, presto! Coltello da carne! – Dieci minuti piú tardi una gran quantità di roba era pronta sul tavolo della cucina e lo zio Elio cominciò a enumerare: – Dunque, panino al prosciutto e maionese, con aranciata e banana per lo spuntino di mezza mattina. Rollè di pollo e insalatina mista, lattina di birra e macedonia per pranzo. Il caffè è nel thermos. Per merenda quei due bocconcini, cioccolata uno e marmellata l'altro. Cena la fai a casa? – Ma io non ebbi neanche il tempo di rispondere che già lo zio mi aveva fatto cenno di aspettare mentre spariva nell'altra stanza in cerca di qualcosa e comunque, amici miei, non avrei potuto parlare dato che la gola mi si era riempita di contentezza e finalmente mi sentivo pronto a uscire di là e andare lavorare con tutto quel ben di dio da mangiare, soprattutto perché mio zio l'aveva preparato per me e allora ripensai ai personaggi del signor Hrabal che bevevano birra e cantavano anche se la vita non era facile e la verità meno che mai.

Ero ancora su questo pensiero, con la gola bloccata dalla gioia, quando mio zio comparve sulla porta con una valigia in mano, e a guardarla bene non era proprio una valigia ma una specie di zaino di pelle intrecciata e lui aveva sulla faccia un sorriso grande come la luna. – Questa me l'ha data Paco Menendez, – disse, e io non avevo fatto ancora in tempo a domandargli: «Chi è Paco Menendez?» che già lui aveva aperto la borsa e ci stava mettendo dentro tutta quella roba da mangiare: – Paco era uno spazzino, come te, anche se ora siete tutti operatori ecologici. Ricorda, la banana è per la mattina, – cosí capii che avrei dovuto soltanto ascoltare la storia di quel mio collega, senza far domande. – Paco era colombiano e questa borsa me la regalò lui a Baires, – disse chiudendo la sacca con le cinghie e la teneva in alto e la guardava. – La trovò in un cassonetto di Bogotá e dentro c'era una fortuna in droga. La prese e se la svignò in Argentina dove fa ancora la bella vita –. Intanto mi aveva porto la borsa piena zeppa di roba e mi guardava felice dicendo: – Non c'è una giustizia in tutto questo? – mi sistemava le cinghie per bene sulle spalle e diceva: – Non c'è un destino in tutto questo? – e alla fine era là, in piedi, con le braccia tese su di me, come al solito. – Ti porterà fortuna, come ha portato fortuna a me per la mia miniera, che se non fosse stato per la *saudade*... – e mi congedò sulle scale, tra i sospiri, la *saudade* e quel peso sulle spalle che portavo camminando leggero come un angelo che stesse salendo verso il cielo.

Fu cosí che mi presentai all'ARIA il primo giorno di lavoro, con quel fardello appeso alla schiena, il sorriso che mi aveva regalato lo zio Elio sul viso e la convinzione che non avrei ceduto di fronte a niente e a nessuno. Infatti l'usciere tentò nuovamente di scoraggiarmi con la sua storia della guerra e si grattava ancora la testa e ripeteva: – Ma allora arruoliamo proprio tutti! – ma io mi piazzai ben dritto di fronte a lui e gli dissi: – Stia tranquillo, sono bene attrezzato, – e intanto col pollice indicavo dietro alle spalle la borsa di Paco Menendez, piena che pareva scoppiasse, e mentre lui cercava di immaginare cosa mai potessi portarmi dietro di cosí ingombrante, io ero già a incalzare: – Signore, è il mio primo giorno di lavoro. Per cortesia, non mi faccia ritardare e mi indichi come posso arrivare al Primo Reparto.

Quello allora cominciò a grattarsi ancora piú velocemente e disse: – Da Lupo ti hanno mandato? Proprio da Lupo? – e pareva non gli importasse molto che io ripetessi che forse aveva capito male poiché ero stato assegnato al signor Luporini; lui invece continuava a grattarsi la testa e a scuoterla e a dire che in quel modo saremmo finiti male davvero, e pareva cosí sconsolato che dovetti insistere ancora un bel po', prima che si decidesse a rimettersi il berretto e a indicarmi una volta per tutte la strada per il Primo Reparto, in un grande capannone, dall'altra parte del piazzale.

Vi trovai un uomo con la divisa dell'Azienda, in piedi, con un cartellino in mano di fronte a una specie di orologio, intento a discutere con un'altra persona. – Buongiorno, signori. Sono il nuovo assunto e mi hanno detto di cercare il signor Luporini –. Quelli smisero di parlare e mi guardarono con aria interrogativa ma io ero già preparato a una simile evenienza, perciò non gli lasciai aprire bocca e, dando una scrollatina alle spalle per sistemare la borsa di Paco che mi stava segando la schiena, passai al contrattacco con decisione: – Non fatevi ingannare dalla mia statura, signori, sono piccolo, inesperto, ma ben deciso a lavorare con voi. Oltre tutto la borsa del signor Menendez mi sta sfasciando le spalle, quindi se voleste essere cosí cortesi da dirmi dove posso trovare il signor Luporini ve ne sarò molto grato.

I due restarono un attimo a guardarmi indecisi sul da farsi, poi il piú anziano allungò un braccio completamente tatuato, mi porse la mano e mi disse: – Io sono Anguilla e lui è Quindici. Lupo arriva a momenti. Posa la borsa e aspettalo pure qui.

Amici, io non sapevo bene come ci si doveva comportare negli ambienti di lavoro, oltre tutto con colleghi piú anziani e con quei soprannomi. Comunque, prima ancora di dir loro dell'equivoco, perché io cercavo il signor Luporini e non questo Lupo con cui tutti volevano farmi parlare, pensai fosse piú educato presentarmi anch'io e cosí allungai a mia volta la mano e strinsi piú forte che potevo per far capire loro che stavano parlando con un uomo, mica altro. – Io mi chiamerei Paolino, e basta. Non è che ho dei soprannomi, – e intanto continuavo a stringere la mano di Anguilla e a scuoterla mentre lui mi chiedeva: – Ma Menendez è il tuo cognome? – e allora tentai di spiegargli che il signor Paco Menendez era un nostro collega di Bogotá che aveva trovato quella borsa piena zeppa di droga in un cassonetto e ora se la spassava a Buenos Aires dove aveva conosciuto mio zio Elio, insomma tutto quello che voi già sapete ma che non è cosí semplice da spiegare a due colleghi appena conosciuti, con quei tatuaggi sul braccio e la mano imprigionata in una stretta che durava ormai da troppo tempo, perciò probabilmente feci un po' di confusione o non fui troppo chiaro, perché Quindici cominciò a chiedermi se ero scemo a girare con uno zaino pieno zeppo di droga della Colombia e cosí mi toccò spiegare meglio e dirgli che dietro avevo solo il pranzo preparato dallo zio Elio. Stavo ancora stringendo la mano di Anguilla e pensavo a come uscire da quella situazione, quando dal piazzale si sentí uno scoppiettare di petardi e subito dopo uno scooter nero piombò dentro il capannone e Quindici con aria sollevata disse: – Ecco Lupo, finalmente. Vedetela con lui.

Non vi è mai capitato di pensare alla prima volta in cui avete incontrato qualcuno di importante nella vostra vita? Se fate mente locale e tornate indietro col ricordo, non vi apparirà un'immagine che già spiegava tutto, all'improvviso? Perché fu cosí che conobbi il signor Lupo, e nella mia innocenza di allora, ancora non avevo capito che Lupo e Luporini erano la stessa persona e sarebbe stato quindi quell'uomo che arrivava come un razzo su uno scooter a istruirmi e a guidarmi nel mio lavoro e, in fondo, nella mia vita. E ora sono qui a parlare, a raccontare alla vostra aria svagata la prima volta in cui lo vidi arrivare, scoppiettando tra nuvole di polvere e di gas di scarico, fare una brusca frenata e apparirmi cosí, come mi sembrò subito, la fotocopia del signor Carlo Marx, quello del Capitale: barba e capelli uguali al vento e un'espressione seria da far spavento a chiunque. Eppure io non provai paura e se sia stata la borsa del signor Menendez, o il pranzo pieno d'amore di mio zio o quella prima stretta di mano da uomo che ancora stavo dando al signor Anguilla, non lo saprei dire, ma so con certezza che non provai paura e anzi, staccai la mano, mi feci avanti e gli dissi: – Scusi signore, sto cercando il signor Luporini e tutti mi parlano di lei, che se ho ben capito si chiama Lupo. Sono il nuovo assunto e devo presentarmi al piú presto a lui, che è il mio Capo, – e Carlo Marx scese di sella, mise lentamente la moto sopra il cavalletto, quindi si fermò davanti a me e mi fissò per un bel po' di secondi, con un'espressione dura che potevo appena intuire sotto quella massa di barba e di capelli, quindi mi allungò la mano e disse: – Lupo o Luporini sono la stessa cosa, come carnefice e pontefice, come capi e capitani. Cos'hai in quel sacco? – e anche se non capii bene quella frase gli tesi la mano e strinsi piú forte che potevo. – C'è il pranzo che mi ha preparato mio zio Elio e la borsa arriva da Bogotá, in Colombia. Era del signor Menendez, ma questa è una storia troppo lunga e, se lei permette, gliela racconterò un'altra volta, – risposi, e allora conobbi anche la risata di Lupo, che era qualcosa di speciale e non credo di esagerare se vi dico che il mondo non può essere piú lo stesso senza quella risata, perché non era un ridere soltanto, ma era un terremoto e una carezza, era un desiderio che si realizzava. Era la mia paura, Hanta, la mia paura che si scioglieva con quel braccio che mi circondava le spalle e con le sue parole che erano le stesse che aveva detto lo zio Elio nella cucina: – Il requisito fondamentale per un lavoratore sano ed efficiente è il suo appetito! – Cosí non mi importò molto che il suo alito sapesse di grappa e che il suo passo fosse malfermo, non mi importò nulla di tutto questo, ma lasciai che mi pesasse sulle spalle assieme alla borsa di Menendez e mi portasse verso il tavolo in fondo al capannone sul quale si sedette per chiedermi a bruciapelo: – Ma tu come ti chiami?

E io dissi: – Paolino, – che era ancora il mio nome e allora lui alzò gli occhi al cielo e fece una specie di grugnito, si voltò verso Anguilla e Quindici e domandò con aria scocciata se mai Paolino fosse un nome. – Che roba è? – disse. – Vi sembra un nome da essere umano? Paolino può andar bene per un cartone animato, per Paperino.

Poi mi mise una mano sulla testa e disse: – Stai tranquillo, ti troveremo presto un nome da uomo, – e lo disse con dolcezza e decisione allo stesso tempo e io capii che una volta tanto non ero stato abbandonato, cosí pensai che il signor Hrabal aveva ragione e presi la borsa con il pranzo e l'aprii e dividemmo tutto quel ben di dio tra noi quattro senza litigare, come invece fate voi con le briciole. Anzi mangiavamo e ridevamo, e ogni tanto il signor Lupo mi passava una mano sulla testa e mi diceva: – Non temere, ti troviamo noi un nome da uomo.

E quello, amici miei, quello era il signor Lupo.

Stramonio

Dopo quel pranzo, entrai a tutti gli effetti a far parte della seconda squadra del Primo Reparto, comandata dal signor Lupo, il quale mi presentò agli altri componenti. Oltre ad Anguilla e Quindici c'erano altri quattro operatori: Elvis, Notte, Svizzero e Nanna, e non era facile ricordarsi subito tutto perché questi che vi ho detto erano soltanto i loro soprannomi e mentre il signor Lupo me li presentava io stringevo le mani piú forte che potevo e lui mi spiegava anche perché si chiamavano in quel modo. Erano nomi con un senso preciso perciò ascoltavo e intanto non vedevo l'ora che arrivasse il momento in cui anch'io avrei avuto un mio soprannome con il suo significato.

Il signor Lupo aspettò che tutti fossero arrivati e avessero timbrato il tesserino, poi come fossimo nell'esercito li mise in fila e disse che li avrebbe passati in rassegna per presentare il «ragazzo», e allora ristrinsi la mano ad Anguilla che si chiamava cosí perché era nato ad Anguillara ed era agile e smilzo, e strinsi la mano a Quindici, e mentre lo facevo tutti ridevano e mi spiegavano che i soldi del suo stipendio duravano solo quindici giorni perché poi li finiva e finiva anche di bere. Fui presentato a Elvis che aveva sulla testa un ciuffo come il grande Presley e diceva di sapere a memoria tutte le sue canzoni, a Notte che in realtà si chiamava 'Nboma ed era nero come la notte. Strinsi forte le mani a Svizzero che di nome faceva Elvezio ed era nato a Lugano ma neanche lui sapeva perché era finito qui, e per ultimo fu la volta di Nanna, cosí detto per la sua abitudine di addormentarsi ovunque, in ogni momento.

– Vieni qui, – mi disse il signor Lupo dopo le presentazioni, – noi si lavora in coppia e tu da questo momento starai con me. Seguimi e fai attenzione perché il lavoro in sé sarebbe semplice, ma il difficile è farlo bene. Piú o meno come diceva Brecht del comunismo –. Poi si voltò e mi domandò all'improvviso: – Tu conosci Brecht, ragazzo?

– Non molto signore, – risposi titubante. – Ma conosco Hrabal, – rilanciai.

– E cosa dice questo Hrabal?

– Dice che nella vita non importa nulla come vanno a finire le cose, ma tutto è solo desiderio, volere e anelito –. Lupo stette un attimo immobile con lo sguardo fisso lontano, mentre io pensavo di aver combinato un altro dei miei guai, ma all'improvviso lui si tolse da quella specie di torpore e disse: – E bravo, Hrabal, – e mi fece segno di andare con lui verso i furgoni e intanto ridacchiava e ripeteva tra sé desiderio, volere e anelito, desiderio, volere e anelito.

Da quel giorno, insomma, mi alzai presto alla mattina perché alle sei iniziava il mio turno e per niente al mondo avrei voluto perdere il rumore scoppiettante della moto del signor Lupo che arrivava. Mi tiravo su in fretta, andavo in cucina e riempivo la borsa di Paco Menendez con la colazione e il pranzo, poi dopo mezzora di autobus arrivavo all'ARIA per timbrare il cartellino e aspettare che un po' alla volta arrivassero tutti, perché mi piaceva che mi dicessero: – Beato te che sei già sveglio, – o che ero fortunato a essere cosí giovane o mi domandassero se avevo passato la notte là dentro e insomma, parlassero con me e mi prendessero in giro come si fa tra uomini e allora pensavo che quella vita mi andava proprio a genio, finalmente mi sembrava di far qualcosa di mio ed era come avere di nuovo una famiglia, anche se ancora non avevo un nome da uomo e tutti mi chiamavano «ragazzo».

La prima mattina, dopo le presentazioni, ogni coppia se ne andò per conto suo a eseguire gli ordini del signor Lupo, perché era lui che prendeva i fogli da dentro la scrivania, si schiariva la voce e ripassava quello che c'era da fare, come in una specie di rito mattutino a cui tutti si sottoponevano anche se la cartella coi turni era appiccicata ben in vista sul pannello dietro alla scrivania. Ma ognuno, all'inizio del turno, stava lí almeno un quarto d'ora ad ascoltare il signor Lupo che guardava Anguilla e Quindici dicendo: – Voi due allora prendete il Magirus e fate il giro inverso da San Carlo, – e appena il Magirus passava sbuffando dietro di noi si voltava a guardarlo e diceva: – Mi raccomando Quindici, – e poi puntava Elvis e Notte e diceva: – Voi altri, sfaticati, mettetevi sulla spazzolatrice e fatevi l'isola pedonale, possibilmente prima che finisca il turno, – quindi sbirciava il ciuffo di Elvis che si avviava dietro al grosso culo di 'Nboma e scrollando la testa diceva: – Gran lavoratore quel Notte, proprio un gran lavoratore –. Non è passato un giorno, Hanta mio, non un giorno in cui abbiamo lavorato assieme che il signor Lupo non abbia detto: «Gran lavoratore quel Notte» dietro al culo di 'Nboma che si allontanava, o verso il Magirus non abbia urlato a Quindici: «Mi raccomando» o non abbia augurato: «Sogni d'oro» a Nanna e Svizzero che partivano per il turno.

La mia prima mattina, andati che furono i nostri compagni, il signor Lupo mi guardò, si sfregò le mani e tutto contento disse: – Vieni che ti faccio vedere le nostre armate, – e si piantò in mezzo al piazzale che sembrava davvero un condottiero, con tutti quei capelli al vento e la barba nera e l'espressione decisa su quello che restava del volto. – Fai bene attenzione, ragazzo, quelli sono i minicarri per la raccolta dei sacchetti, – cominciò a spiegare allungando il braccio verso la tettoia dove stavano in bella fila una dozzina di carretti a motore, – con quelli si va nel centro storico, in mezzo alle viuzze dove la compattatrice non passa, si lascia il carretto e si fa il giro a raccogliere i sacchetti davanti alle porte. Ti è chiaro il concetto? – Sí, signore, – rispondevo io dritto e serio come un soldato. – Allora andiamo avanti. Di qui ci sono le compattatrici piccole. Quando si usano queste si fa il giro in tre: due stanno attaccati dietro come scimmie a mettere sotto la presa il cassonetto e l'autista del camion rimane sempre sopra, ben piantato in mezzo alla strada a bloccare il traffico. Ti è chiaro il concetto? – e fece quella sua risata speciale che metteva paura e buonumore. Poi mi mostrò le compattatrici medie sulle quali bastava l'autista e un uomo dietro a caricare il cassone, e quindi fu il turno delle compattatrici giganti, ultramoderne, con le telecamere e la presa automatica cosicché un uomo solo seduto in cabina poteva far tutto da sé, senza neanche muovere un passo. Passammo davanti agli enormi Magirus con la benna incorporata che potevano sollevare un grosso rottame o le cose piú pesanti, e dopo toccò ai Mercedes per la raccolta differenziata con il cassone azzurro per la carta, rosso per l'alluminio, verde per il vetro e giallo per la plastica, e infine mi mostrò il lavacassonetti, una grande lavatrice sulle ruote che si mangiava il cassonetto sporco e raspava, grattava, strigliava e alla fine lo risputava dall'altra parte pulito e splendente come fosse nuovo. Quindi fu la volta dei camioncini con le pompe Decker per la disinfestazione, e le idropulitrici con la spazzola ruotante che sembravano automobili di Marte, e poi i furgoni per la manutenzione delle aiuole, che erano quasi delle ambulanze in cui viaggiavano i decespugliatori coi caschi e i guanti e le forbici meccaniche per le potature e le scale, metri e metri di tubi di gomma per dare da bere ai giardini. Per ultime, in fondo al cortile, mi mostrò le grosse autobotti per spurgare i pozzi neri, dipinte di verde e di giallo che facevano allegria ma non riuscivano a far sparire, comunque, l'acuto odore di fogna che si portavano dentro.

Ogni volta che aveva finito di spiegarmi cos'era quella roba e come funzionava, il signor Lupo si girava verso di me e diceva: – Ti è chiaro il concetto? – e io rispondevo: – Sí, signore, – cosicché lui sembrava soddisfatto, ma una volta completato il giro e dopo il mio ultimo: – Sí, signore, – si voltò un po' crucciato e disse: – Senti ragazzo, qui non siamo in caserma. Io mi chiamo Lupo e basta, e se vuoi farmi una cortesia non chiamarmi sempre signore – Va bene, signore, – feci io e mi accorsi all'istante di aver sbagliato. – È una specie di abitudine che ho preso negli anni, fin da bambino – precisai subito. – Come una forma di rispetto, non le saprei dire, ma se lei pensa che sia meglio un modo piú diretto mi sforzerò di usarlo, signore, – e mentre chinavo il capo, imbarazzato per quella mia manifesta incapacità, il signor Lupo fece un lungo sospiro e mi rimise la mano sulla testa, proprio come quando aveva detto che mi avrebbe trovato un nome da uomo, e disse: – Non importa, fa un po' come ti pare, – e io avrei voluto spiegargli che mi ero abituato cosí perché mi sentivo piú tranquillo, perché quelli con cui parlavo erano piú contenti se gli davo del «signore» e mi sembravano meno pericolosi e meglio disposti verso di me che stavo sempre un po' piú in basso di loro e guardavo il mondo da un punto di vista non troppo piacevole e forse questo dipendeva dal fatto che ancora non mi sentivo un uomo, ma mentre stavo per dirgli tutto questo lui era già dall'altro lato del cortile che mi chiamava a tutta voce: – Vieni ragazzo, datti una mossa. Abbiamo una città da pulire!

Quella fu la prima volta che montai sul camioncino, una specie di carretto scoppiettante su cui caricammo le scope di saggina e i carrelli coi bidoni. Dentro la cabina stavo stretto in un angolo per permettergli di guidare, perché vi assicuro, di spazio là dentro ce n'era veramente poco, e ogni volta che lui girava il manubrio, o frenava o anche soltanto cambiava le marce, dovevo schivare il suo gomito destro che mi puntava pericolosamente sul mento o sul naso, e mentre facevo la massima attenzione a cercare di non prendermi una botta, lui parlava e mi spiegava il senso del lavoro.

– Ragazzo, la città è come una donna di un certo rango, le pulizie non se le fa da sola. Occorrono i domestici che le facciano il bagno, la manicure, la pettinino, le rifacciano il trucco, affinché possa essere pronta per alzarsi, attorno alle otto di mattina. Ti è chiaro il concetto? – e si girò verso di me mentre io, accucciato nel mio angolo, mi sforzavo di seguire e nello stesso annuivo con un gesto del capo. – Ma è una donna frequentata da troppa gente, – continuò, – maleducata per giunta. Le mettono le mani addosso, la spettinano, la fanno arrabbiare e lei si agita, perde la calma. Cosí le si rovina in fretta il trucco e riappaiono subito le rughe, comincia a sudare, e a buttare fuori ogni sorta di schifezza, – e mentre Lupo parlava cercavo di immaginarmi questa strana signora e pensavo come dovesse essere ben ributtante con tutto quel sudore e le schifezze che le uscivano da ogni dove, comunque annuivo e mi sforzavo di capire.

– Ora, ragazzo, qual è il punto piú triste di questa storia? – e si voltò a guardarmi mentre al tempo stesso cercava di tenere d'occhio la strada. Io avrei voluto rispondergli qualcosa, ma francamente, la storia di questa donna mi aveva messo un po' in agitazione e avevo paura di dire qualche stupidaggine, di urtare il signor Lupo e cosí me ne stavo zitto e buono nel mio angolo e aspettavo paziente che lui riprendesse a spiegare.

– È che la signora, di tutta questa gente, ne ha piene le tasche! Non ne può piú delle loro auto, dei loro bisogni, di tutti i loro capricci, della loro incuria che ogni giorno le scarica addosso tonnellate di cose inutili. Ti è chiaro il concetto? – Il concetto cominciava a essermi chiaro e dopo la prima sensazione di schifo cominciavo a provare una certa compassione per la signora. – La nostra dama ha una certa età, è elegante, fine, persino prosperosa. Nel passato ha goduto di splendidi amanti e ora vorrebbe continuare a vivere con dignità. Ma questi signori neanche la vedono, le passano sopra veloci in tutti i modi, le scaricano addosso montagne di rifiuti senza nessun ritegno e poi si arrabbiano se lei alle otto del mattino non è perfettamente truccata, profumata e splendente. Ti è chiaro il concetto?

Non solo mi era chiaro, ma una grande preoccupazione mi stava invadendo: per quella signora, certamente, ma anche per noi che, ormai mi era altrettanto chiaro, eravamo i suoi domestici impegnati in un compito impari. Inoltre il signor Lupo aveva cominciato a snocciolare un'altra serie di domande. – Lo sai quanti chili di rifiuti rovescia qui sopra ognuno di noi, ogni settimana? E lo sai quante tonnellate fanno al mese, all'anno, ogni dieci anni? – e siccome me ne restavo intimorito nel mio angolo, lui preso dal discorso stava ormai urlando: – Tonnellate! Migliaia di tonnellate! Milioni di tonnellate! – e quelle tonnellate rimbombavano nel piccolo spazio della cabina al punto che già mi sembrava di affogarci dentro, mentre le urla continuavano: – E la cosa piú sporca di tutte è che la maggior parte di quelle tonnellate sono roba che non serve a niente, di cui si potrebbe benissimo fare a meno, è solo un giro assurdo di porcherie che vanno e vengono, ti è chiaro il concetto?

Non feci neanche in tempo a pensare una risposta perché una frenata improvvisa mi buttò contro il parabrezza, e già il signor Lupo era sceso e stava tirando giú dal pianale i carretti con i bidoni e le scope di saggina. Cercai di rimettermi in piedi in fretta ma, un po' per quel viaggio scomodo e l'arresto impetuoso, un po' per quei discorsi cosí inquietanti, sentivo la colazione del mattino girare e rigirare nello stomaco, assieme all'ansia per come avremmo fatto a tener pulita la città in una situazione simile, però vidi il signor Lupo davanti a me che da solo scaricava gli attrezzi e la sua espressione mi sembrò decisa come quella di un guerriero che iniziasse la battaglia. Allora mi avvicinai a lui per spiegargli la mia preoccupazione e gli dissi chiaro e tondo: – Ma noi, noi due, cosa possiamo fare, come possiamo limitare questo sfacelo? – Cominceremo con questa, – fece lui allungandomi una scopa. – Nella lotta è basilare iniziare dalle fondamenta, e non tralasciare nessun particolare. La scopa di saggina arriva dappertutto, è ottima per la pulizia degli angoli, dei vicoli, dei terreni sconnessi ed è anche un perfetto esercizio fisico e mentale. Guarda, si fa cosí, – ma prima ancora che cominciasse a dare il primo colpo di scopa mi sentii rigirare lo stomaco e la mia preoccupazione si stampò sul selciato in un rivolo schifoso di lordura. – Stupendo! se ti ci metti anche tu, qui andiamo a finire davvero male, – disse il signor Lupo in risposta. Dopodiché prese dal pianale il tubo di gomma e il bidone e lavò con uno spruzzo i resti della mia colazione.

Però, sotto la sua guida, imparavo in fretta a tenere nel modo corretto la scopa e a darle il giusto movimento con il polso e il braccio insieme, cosa in apparenza facile ma che ti assicuro, Hanta, va fatta davvero bene, altrimenti dopo un'ora non senti piú il braccio e la mano ti pare sul punto di staccarsi dal corpo. Guarda, va fatto cosí, con questo movimento armonico. Ma cosa sto qui a spiegare, a te, che hai due alucce striminzite e la sporcizia te la prendi con il becco! Piuttosto, credimi, mentre ero là che imparavo a spazzare mi era passata la nausea e cosí lavoravo tranquillo, attento a non sbagliare e mi dividevo i vicoli del centro con il signor Lupo, mi portavo dietro il carretto con i bidoni, raccoglievo diligentemente l'immondizia con la paletta e mi sentivo di nuovo felice.

Nel frattempo ascoltavo il mio istruttore spiegarmi di far bene attenzione e guardare tutto quello che spazzavo perché era di lí che si vedeva lo spirito della gente, e si capiva chi viveva in quelle strade e persino cosa aveva provato chi era passato in quel vicolo, proprio come facevano gli indiani d'America guardando le tracce nella prateria.

– Ragazzo, tu conosci gli indiani di America? – mi diceva il signor Lupo mentre menava colpi decisi con la sua saggina, quasi come un contadino che mietesse. – Avevano un gran rispetto per la terra, che era la loro Madre, e non si azzardavano a ferirla piú di tanto, lo sai questo, ragazzo? – e io lo sapevo ma dal fondo del vicolo gli gridavo di spiegarmi meglio il concetto. – Non consumavano le risorse piú di tanto. Stavano un po' qui e un po' là. Ammazzavano i bisonti che gli servivano e mangiavano i frutti della terra che trovavano e poi si spostavano. Avevano bisogno di poco. Perciò li hanno ammazzati tutti. Erano nomadi. Tu conosci i nomadi, ragazzo? – e io li conoscevo, ma dall'altra parte dell'incrocio gli chiedevo di nuovo di spiegarmelo. – È gente che sta un po' qui e un po' là e non produce nulla. Per questo moriranno tutti, come gli indiani, – e allora io dissi che non mi sembrava ci fosse in corso una guerra coi nomadi, mentre gli indiani avevano contro Custer con tutta la cavalleria. E allora il signor Lupo si mise la scopa sulla spalla e lasciò la sua parte di vicolo per venire nella mia, mi si piazzò proprio davanti e mi disse: – Guarda attentamente per terra, ragazzo, scruta ogni angolo, fai attenzione a ogni tombino, esamina ogni cestino, non ti lasciar scappare nulla delle tracce che vedi e poi, quando avrai visto, mi dirai se siamo in guerra o no –. Ma io non capii bene e allora dissi: – Certo signore, però forse non ho capito, – e siccome eravamo alla fine del turno, lui mi guardò di nuovo fisso negli occhi e poi prese il mio carretto e il suo, e la mia scopa di saggina e la sua, e anche il mio bidone e il suo, li buttò dietro al camioncino e poi mi disse: – Sali, cosí vediamo se capisci, – e allora io salii e mi rimisi nel mio angolo a evitare che il suo gomito finisse contro i miei denti e lo guardai puntare fisso in avanti e accelerare e frenare e sterzare neanche fossimo sopra un circuito a far le corse con la Formula 1. Ma intanto non stavamo tornando all'ARIA: eravamo passati davanti al centro commerciale e poi, giú dalla discesa, ci stavamo infilando come razzi oltre la ferrovia, verso lo stradone. Solo quando fummo sotto il ponte del cavalcavia, sulla faccia del signor Lupo si allargò un sorriso e allora inchiodò il camioncino e ancora una volta andai a stamparmi sul parabrezza, mentre lui era già sceso e mi faceva cenno di seguirlo e mi diceva dietro: – Vediamo se ora capisci –. Cosí, ancora non avevo messo piede a terra, che da ogni dove erano sbucati bambini, bambini di tutte le età, di tutte le misure e sembravano le scimmie quando si arrampicano sugli alberi, solo che l'albero era il signor Lupo che rideva, e li salutava uno per uno come se li conoscesse da anni e mentre li salutava con la mano continuava a farmi cenno di andare da lui, intanto diceva: – Ora vediamo se capisci –. Cosí vidi il campo dei nomadi, con il signor Edmir che mi salutò stringendomi la mano, e mi fece da guida dicendomi: – Attento qui, – perché dovevo fare bene attenzione a dove mettevo i piedi, se era una pozzanghera, o del fango, oppure il piano di cemento duro su cui stavano le roulottes, che anche se era ottobre avanzato si era spaccato per il caldo e non stava piú insieme. Poi strinsi la mano a Rapo e Bletar e a molti altri di cui non ricordo il nome e tutti andammo a visitare la discarica abusiva dove la gente gettava i frigoriferi e le televisioni e i materassi con le molle rotte, e i comodini vecchi, e calcinacci e l'erba marcia tagliata dai giardini e i fusti di roba nera che colava e mandava odore di zolfo. Insomma, tutte quelle cose che la gente della città non sapeva dove mettere perché nei cassonetti dell'ARIA non ci stava, mentre invece attorno a quell'enorme cassonetto di sporcizia ci viveva tutta la gente del campo e sopra ci stavano i bambini a giocare e a scavare, a tirar fuori un pezzo di finestra, una cornice vecchia o una lamiera con cui i grandi si facevano la casetta, proprio come fate tu e Díte per il nido.

E dietro il puzzo della discarica c'era il rumore delle macchine che passavano sullo stradone, in fretta, cosí che nessuna si fermava a vedere quel mucchio di gente e spazzatura; e da quest'altra parte c'era la ferrovia e anche qui il treno andava veloce perché la stazione era ancora distante e quella specie di accampamento si vedeva male, come una macchia di colore sul televisore sfocato. Mentre il signor Edmir, che era il Capo, ci spiegava come si fa un tetto con una lamiera, pensavo che la guerra da lí era passata davvero e forse il signor Lupo non aveva tutti i torti a dire che i nomadi sarebbero morti tutti, perché anche se non c'era il generale Custer, il signor Rapo e Maze e Bletar erano proprio come gli indiani, stavano un po' qui e un po' là e tiravano avanti in quel modo, non producevano nulla ed è per ciò che li avrebbero ammazzati tutti, e mentre pensavo mi vennero in mente gli zingari colorati che avevo conosciuto nei libri del signor Hrabal. Invece giravo la testa e vedevo i bambini saltare su quel mucchio di schifezze come se fossero stati al Luna Park e la gola mi si stringeva da non poter neanche dire «arrivederci» al signor Edmir e a Maze, e ai bimbi che ci correvano dietro fin oltre il cavalcavia. Dal camioncino agitavo lentamente la mano e li salutavo e intanto mi tenevo il cemento nella gola ma senza piangere, perché per me piangere era ancora segno di poca maturità e comunque non sarebbe stato dignitoso farlo di fronte a quella gente che ci salutava.

Anche il signor Lupo rimase in silenzio, sembrava concentrato a guidare, con gli occhi fissi sulla strada. Eppure stavolta guidava lento e con prudenza e teneva il gomito ben stretto al fianco, senza allargarlo, e per un po' di tempo non disse niente, come se avesse capito che, da dire, proprio non c'era niente. – Andiamo alla discarica a posare la schifezza, cosí vedi come si fa –. Lo disse soltanto dopo un bel po' e siccome non reagivo perché stavo ancora a pensare agli indiani e a nomadi e agli zingari del signor Hrabal, lui mi mise una mano sulla testa e fece: – È una bella razza di matto, lei, signore, – e io non capii se si stava davvero riferendo a me o se mi prendeva in giro per quella mia abitudine che lui odiava, e rimasi cosí, per qualche secondo, con quell'incertezza, ma forse la sua mano sulla testa o il fatto che, pronunciata da quella barba enorme, «signore» era proprio una parola buffa, io sorrisi e lui di rimando mi chiese: – Ma come ci sei finito all'ARIA? – e siccome quella frase, detta in quel modo, suonava comica per il doppio senso, scoppiò la sua risata e da quel momento in poi non fu piú tanto facile rimaner seri, anche perché decisi di raccogliere l'invito e presi la storia alla larga.

Cominciai a dirgli della maturità e di tutto il resto, e man mano che procedevo nel racconto delle cose che già sapete, la risata del signor Lupo riempiva tutta quella piccola cabina e il camioncino ondeggiava sotto i colpi dei pugni che lui batteva sullo sterzo mentre ripeteva: – È una bella razza di matto, lei, signore.

Ma quando giunsi al punto del colloquio con l'Ingegnere e al fatto che aspettavo ancora due concetti dopo la serietà, il signor Lupo cominciò a ridere cosí forte che quel poco di viso che si intravedeva tra la barba e i capelli diventò rosso come il fuoco e gli occhi gli si gonfiarono e quasi gli uscivano di fuori, e poi un colpo di tosse gli squassò il torace, poi un altro e un altro ancora, e io credetti che di lí a un momento sarebbe morto ed ero paralizzato come una statua perché comunque lui continuava a ridere e a tossire e ormai il camioncino oscillava come un ubriaco e sbandava, mentre filava a razzo giú per la discesa della discarica, percorrendo tutta la curva prima del cancello piegato su un lato, gemendo e stridendo e facendo fracasso piú ancora del signor Lupo nella cabina, dopodiché si piegò del tutto e si rovesciò.

Io rimasi qualche secondo con gli occhi chiusi, rannicchiato su me stesso per cercare di far passare la burrasca. La confusione era enorme, la spazzatura era entrata dentro e ancora sulla strada si sentivano rotolare i carrelli, le scope e tutto il resto. Allora cercai di capire come potessi uscire da quella trappola senza farmi male, ma mentre cominciavo a muovermi con cautela, mi accorsi che il parabrezza si era sfondato e accanto a me non c'era piú nessuno e il silenzio era diventato totale: non piú rumore di ferraglie, non piú strisciare di lamiere e soprattutto nessuna risata e nessun colpo di tosse. Cosí mi prese la preoccupazione, pensai al peggio e cominciai a urlare: – Signor Lupo, signor Lupo! – e intanto cercavo di farmi strada tra le cartacce e le bucce di banana e i resti di cibo puzzolente, finché riuscii a emergere da quel mucchio di pattume e lo vidi sdraiato, pochi metri avanti, al bordo della discarica, che guardava con attenzione qualcosa. Stava là, come se pensasse, e all'ultimo dei miei urli alzò una mano che sembrava Mosè davanti alle acque, e disse: – Cosa stai a gridare al lupo al lupo, matto di uno! Fai piano e vieni qui che ti voglio mostrare una cosa –. E cosí feci lentamente quei quattro metri che mi separavano dal mio destino, amici, perché, quando arrivai davanti al signor Lupo, vidi che teneva tra le dita una piantina, con le foglie appuntite e i fiorellini bianchi. – Vedi, – disse, – questo è lo stramonio. Cresce vicino ai ruderi e ai rifiuti, perché è la pianta dell'abbandono. Può essere un buon medicinale, ma anche un tremendo veleno, – e io mi abbassai per veder meglio. – Sembra innocua e gentile, ma quello che ha dentro può scatenare una burrasca –. Poi si levò diritto e, una volta in piedi, mi mise la mano sulla testa e lasciò andare la sua risata.

– Matto di uno Stramonio, – mi disse, – ecco il tuo nome da uomo.

Deperire

Da quel giorno, per la seconda squadra del Primo Reparto dell'ARIA io diventai Stramonio e il signor Lupo e Anguilla, Notte, Nanna, Svizzero e tutti gli altri, al cambio dei turni o al *Purgatorio*, o quando ci si incrociava per strada sul lavoro, nessuno, da allora, mi chiamò piú «ragazzo», ma solo Stramonio. E io ne ero fiero.

Inoltre, appena raddrizzato il camioncino, ancora con le ossa indolenzite per le botte e le risate, tornammo al Reparto e trovai ad aspettarmi un pacco del signor Panza con la mia divisa da donna piccola e le etichette false, e allora tutti dissero: – Mettiti su la roba, che uno spazzino senza la divisa è solo un vagabondo sporco –. Il signor Notte mi prese con una mano sola, come fossi un burattino, e mi posò sulla scrivania, in piedi che sembravo una statua. Poi mi tirarono giú i calzoni e intanto fischiavano e battevano le mani dicendo: – Guarda che gambe lisce, sono meglio di quelle della Lidia –. E dopo mi tolsero il maglione e Anguilla mi prese il braccio e disse: – Fai un po' il muscolo, – e Elvis diceva che Tyson confronto a me era un'acciuga, ma io non ero triste per questa specie di spogliarello e per quelle urla, perché non era come al Distretto Militare, con l'Ufficiale sotto e le mutande attorno. Qui ero tra amici e nessuno stava in mutande ma ognuno era vestito con gli stessi calzoni che Anguilla mi stava mettendo, mentre il signor Notte mi teneva sollevato con una mano, e vedevo Lupo appoggiato al muro che fumava e sorrideva e faceva cenno verso di me con la testa mentre diceva ad Anguilla: – Ah, quel Notte, che gran lavoratore.

Dopo, proprio a Notte toccò mettermi il giubbotto, verde con le righe fosforescenti bianche, e mettendomelo mi diceva qualcosa nelle orecchie nella sua lingua strana che non capivo, ma era una musica dolce dolce, come l'acqua quando scorre, e allora io dissi lo stesso: – Grazie signor Notte, lei è molto gentile. Grazie di cuore, – anche se non avevo capito. E quando ebbe finito il suo discorso si tirò indietro di un passo e tutti mi guardarono come si guarda con rispetto un uomo, e mi davano la mano e mi battevano sulle spalle e io capii che finalmente la maturità stava arrivando.

Poi il signor Lupo si staccò dal muro e disse che per festeggiare per bene il mio battesimo bisognava andare tutti al *Purgatorio*, perciò rimasi ancora fermo sulla scrivania, un po' perplesso, cercando di capire se in quelle parole ci fosse un doppio senso, finché Elvis mi prese e mi riportò di sotto e io osai chiedergli: – Scusi, ma cos'è questo «Purgatorio»? – e lui mi disse che era il posto dove la squadra scontava i suoi peccati, e dopo averli scontati era pronta per il paradiso. Così uscimmo dal capannone e appena girato l'angolo entrammo in un bar che si chiamava appunto *Purgatorio*, occupammo un tavolo e restammo a bere fino a che non fece buio. E ogni volta che arrivava un giro di birra uno alzava il bicchiere e formulava un augurio.

Cominciò Anguilla, visibilmente emozionato. Si guardò intorno come per cercare l'ispirazione, mentre gli altri lo esortavano o lo prendevano in giro, finché fece cenno a tutti di stare zitti e sputò in fretta una frase che diceva piú o meno cosí: – Salute a noi tutti, salute a Stramonio che è piccolo piccolo eppur è un demonio, – e quindi, come sollevato, prese il suo boccale e lo bevve di un fiato. Allora si alzò Nanna e disse pronto: – Anche se dormo, russo e sbadiglio per me lo Stramonio sarà come un figlio, – e alzò le mani come fanno i corridori quando tagliano il traguardo per raccogliere gli applausi di tutti. Poi toccò a Elvis che in mio onore cantò *Be Bop a Lula* ed era capace di fare anche l'effetto di eco con la voce, e mentre lui cantava tutti battevamo le mani e io guardavo questi nuovi amici e mi sentivo proprio felice. Fece una strofa anche Svizzero ma non la ricordo, anche perché da un certo punto in avanti non è che fossi tanto lucido. Ma ricordo bene il signor Notte, quando si alzò in piedi levando in alto un bicchiere di aranciata perché per la sua religione la birra non si poteva bere, e disse che le rime in italiano non le sapeva fare e allora chiese scusa e poi recitò nella sua lingua qualcosa che nessuno capí, eppure tutti applaudirono lo stesso come se avesse recitato un verso di Dante. E siccome io gli ero seduto di fianco lo ringraziai e gli dissi quanto fosse bello sentire quelle strane parole che chissà cosa volevano dire. Allora il signor Notte si abbassò su di me avvicinando la bocca al mio orecchio per non farsi sentire dagli altri e cosí, visto da vicino, era davvero piú nero della notte, e mi disse: – Scusa ma non sa se traduco giusto, ma quello che dice mia poesia è questo, – e chiuse gli occhi come per ricordarsi meglio le parole e poi bisbigliò: – Ho ancora sete ma non piango, l'acqua bastata è soltanto per l'amico, – e lo disse cosí bene che avrei voluto abbracciarlo, ma non sapevo se tra colleghi si poteva fare e inoltre ero davvero commosso e avevo le mani sudate e il cuore mi batteva tanto che una mano riuscii ad asciugarla, a porgerla al signor Notte e a dirgli: – Grazie per queste parole, – ma il cuore no, quello non si fermava e andava talmente forte che pensai anche di poter morire. Ma sarebbe stata una bella fine, là, in mezzo al *Purgatorio*, con tutti attorno che brindavano a mio nome. Invece sopravvissi lo stesso, non saprei dire come, perché ho dei ricordi molto confusi, dalla birra e dall'emozione, ma di certo continuammo per molto a bere e a fare auguri, finché il giro toccò al signor Lupo e tutti si zittirono l'uno con l'altro per riportare un po' d'ordine e soprattutto perché doveva parlare il caposquadra.

Aspettammo che lui finisse di guardare davanti a sé, e prendesse il boccale, lo alzasse e dicesse qualche parola di augurio al mio indirizzo, ma lui rimaneva fermo, con lo sguardo fisso, perciò nessuno sapeva cosa fare, se chiamarlo, svegliarlo dal torpore o cosa altro, perché in fondo lui era il caposquadra ed era Lupo e non era mica cosí facile decidere che fare. Fu Quindici, il meno lucido di tutti, a rompere il silenzio dicendo qualcosa di comico e subito tutti ci unimmo con le risate alle sue parole, ma non avevamo ancora finito di tirare il fiato che la voce del signor Lupo ci bloccò: – Chi ride, la notizia atroce, non l'ha ancora ricevuta, – disse, e il silenzio si materializzò in un attimo. – Quali tempi sono questi, quando discorrere d'alberi è quasi un delitto, perché su troppe stragi pesa il silenzio! E l'uomo che ora attraversa tranquillo la via, mai piú potranno raggiungerlo dunque gli amici?

I nostri occhi lo fissavano con attenzione nonostante il suo sguardo continuasse a ignorarci, mentre le parole gli uscivano di bocca taglienti come rasoi. – È vero: ancora mi guadagno da vivere. Ma, credetemi, è appena un caso. Nulla di quello che faccio autorizza a sfamarmi. Per caso mi risparmiano –. Anche i tavoli vicini a questo punto si erano zittiti e la gente guardava in silenzio verso il signor Lupo che parlava.

– «Mangia e bevi», mi dicono, «e sii contento di averne». Ma come posso io mangiare e bere, quando quello che mangio, a chi ha fame lo strappo, e manca a chi ha sete il mio bicchiere d'acqua? Eppure mangio e bevo –. Io vidi il signor Notte annuire con un cenno del capo mentre piú in là, Anguilla dava una pacca sulla spalla a Nanna che si era addormentato.

– Mangiai il mio pane tra le battaglie e per dormire mi stesi in mezzo agli assassini. Feci l'amore senza badarci e guardai la natura con impazienza. Cosí il tempo passò che sulla terra m'era stato dato. Al mio tempo le strade si perdevano dentro la palude. La parola mi tradiva al carnefice. Poco era in mio potere. Ma i potenti posavano piú sicuri senza di me, o lo speravo. Cosí il tempo passò che sulla terra mi era stato dato.

A questo punto anche la Lidia dietro al bancone aveva smesso di servire, e tutti quanti, anche il signor Nanna, stavamo ad aspettare la conclusione. Intanto, lo sguardo sempre fisso, il signor Lupo aveva alzato le braccia al cielo e le allargava attorno come per circondare tutti.

– Andammo noi, piú spesso cambiando paese che scarpe, attraverso le guerre di classe, disperati, quando solo l'ingiustizia c'era, e nessuna rivolta. Eppure lo sappiamo; anche l'odio contro la bassezza stravolge il viso. Anche l'ira per l'ingiustizia fa roca la voce. Oh, noi, che abbiamo voluto apprestare il terreno alla gentilezza, noi non si poté esser piú gentili.

A questo punto il signor Lupo abbassò la voce e chinò la testa in avanti come se pregasse e tutti i presenti istintivamente fecero la stessa cosa, sforzandosi di captare quelle ultime parole dette quasi sottovoce.

– Ma voi, quando sarà venuta l'ora che all'uomo un aiuto sia l'uomo, pensate a noi con indulgenza.

Pronunciata quest'ultima frase appoggiò entrambi le mani sul tavolo e con un enorme sforzo si rizzò in piedi, prese il boccale di birra, lo alzò e questa volta disse in modo forte e chiaro: – A Stramonio, perché l'uomo sia di aiuto all'uomo, – e lo svuotò d'un fiato.

Hanta caro, mio distratto Díte, quello fu il piú bell'augurio che abbia mai sentito in vita mia e anche i presenti pensarono lo stesso perché nessuno, dico nessuno, ebbe il coraggio di fiatare o fare una mossa, ma tutti rimanemmo immobili a guardare il signor Lupo che se ne andava a passo lento, come se avesse le gambe incollate al pavimento. E solo quando arrivò davanti all'uscita, appoggiandosi con tutte e due le mani allo stipite, lanciò, verso l'Azienda e dentro la notte, un rutto gigantesco che parve a tutti il ruggito di un leone, solo allora la gente del *Purgatorio* scoppiò in unica risata che non riuscí comunque a soffocare la chiosa del mio istruttore, il quale si girò e disse a tutti quanti con tono solenne: – Sia fatta giustizia, restituita l'aria sia all'ARIA, – e replicò subito dopo con un secondo rutto altrettanto forte e potente del primo. Dopo aver fatto risuonare la sua risata si voltò verso di me per dirmi: – Vieni, Stramonio, – e io vidi il signor Lupo che avevo conosciuto, ritto davanti alla porta come un monumento, e andai da lui con la testa che mi girava per le risate e per la birra. – Da che parte abiti tu, in questa fogna? – e io gli spiegai da che parte stavo, ma che non si disturbasse troppo perché in qualche posto, di qui o di là, in quel momento non mi era chiaro, ci sarebbe stato senz'altro un autobus adatto al mio tragitto.

– Vieni con me che ti ci porto io. Tu in quello

stato non arriveresti neanche alla fermata, – e lo disse con tale decisione che non provai a ribattere, anche se era chiaro che neppure lui era nelle migliori condizioni. Cosí montai la prima volta sulla moto del signor Lupo che, come già sapete, era uno scooter vecchio e scoppiettante, e certamente fu per tutto quello che avevo ingurgitato e anche perché lui me lo disse in modo tanto deciso, ma io mi dimenticai della mia paura ancestrale di andare in moto. Perciò dopo qualche minuto e quasi di colpo mi accorsi di essere attaccato a lui, a cavallo su quel coso che filava per le strade, e sarà stata l'aria, sarà stato il fresco, ma solo in quel momento realizzai la situazione e il terrore prese a pungermi la pancia.

Allora all'improvviso sentii il signor Lupo che cantava a squarciagola, nella notte: – Addio Lugano bella, o dolce patria mia, – e cercai di spiegargli il mio disagio e se per favore avesse potuto abbordare la curva un po' piú dolcemente, ma lui cantava tranquillo «andrem di terra in terra, a predicar la pace» e smise solo per chiedermi perché mai non cantassi con lui, e siccome non volevo dirgli che avevo paura, notai soltanto che forse non era il caso, data l'ora tarda, di fare quel baccano e disturbare tutti, ma lui era già a «la pace tra gli oppressi, la guerra all'oppressor» e disse che bisognava cantare finché avevamo fiato in gola, bisognava cantare a tutte le ore, perché quella stava diventando una città di morti e occorreva far sentire che ancora in giro c'era qualcuno vivo.

Cosí mi rassegnai a stargli aggrappato, come fossi abbracciato a una colonna, e a sperare che la paura e la nausea non mi vincessero, viste le frenate e le curve secche e quel bordeggiare continuo tale e quale a una nave dentro la tempesta. Ma all'improvviso, appena passate le mura, dopo porta San Martino, la moto rallentò decisamente e il signor Lupo smise di cantare e allora io aprii gli occhi e vidi che giravamo in tondo per la piazza, intorno alla fontana, come fossimo una giostra. – Guarda, Stramonio, guarda quant'è bella la nostra città di notte, quando la gente dorme, – disse indicandomi il Duomo, la Torre dell'Orologio, e le sculture, e poi passammo davanti la loggia illuminata da una luce radente che metteva in risalto le rughe dei mattoni cosí da far sembrare di cartone gli archi.

Il signor Lupo si accostò al muro e passò e ripassò la sua mano su quella crosta mentre mi domandava: – Senti Stramonio? Lo senti il tempo? – e io non capii ma passai lo stesso la mano su quella parete scrostata e avvicinai il naso come faceva lui e respirai profondamente, ma continuavo a non capire, e intanto il signor Lupo si era rimesso sulla moto e mi faceva segno di salire. Cosí mi aggrappai ancora alla sua vita come fosse l'unica mia salvezza, e richiusi gli occhi e ascoltai la sua voce impastata: – Mio piccolo Stramonio, questa è una città di persone che si credono immortali, sono già fantasmi e non vogliono deperire, ti è chiaro il concetto? – ma a me il concetto non era chiaro, Hanta, e attribuivo alla birra i discorsi del signor Lupo e già stavamo filando sul corso principale, lui aveva lasciato il manubrio e allargato le mani e mi diceva: – Comprano tutto, mangiano tutto e dopo lo buttano, lontano dagli occhi e dalle orecchie. Questa città è un grande girotondo di spazzatura, – e io gli rispondevo «sí signore» e tenevo gli occhi chiusi e mi stringevo forte alla sua vita.

– Stramonio! – urlò a un certo punto. – Sai tu quanta piscia fa un uomo al giorno? – e io lo sapevo però urlavo da dietro la sua schiena: – No, signore. Vuol essere cosí cortese da dirmelo? – e allora lui disse un litro e mezzo al giorno circa che fanno cinquanta litri al mese e seicento all'anno. – Per ogni fantasma che c'è qui sopra, e se moltiplichi seicento litri per tutte le centinaia di migliaia di fantasmi che stanno qui attorno, sai qual è il risultato? – e io avrei potuto anche calcolarlo ma me ne stavo con gli occhi chiusi e gridavo: – No, signore, qual è? – È che stiamo su un mare di piscio amico mio, questo è il risultato. E lo sai quanta cacca fa un fantasma ogni giorno? – e con lo stesso procedimento calcolò quanti milioni di tonnellate di cacca c'erano sotto la città e sentenziò che stavamo viaggiando sopra un mare di merda e cosí nella notte si sentiva solo la sua risata, lo scoppiettare della moto e l'elegia di tutto quello sterco sotterraneo; ma ormai eravamo arrivati sotto la mia casa e finalmente mi staccai dall'abbraccio e scesi, e stavo già per salutare quando il signor Lupo mi tirò a sé e disse sottovoce: – Tu conosci gli indiani d'America? – e io che li conoscevo perché lui stesso me ne aveva parlato dissi ugualmente: – Molto poco, – cosí lui fece un gran sorriso e continuò: – Allora senti questa storia, – e prese dalla tasca da fumare e l'accese bene anche se la mano non era ferma, poi fece un gran sospiro e si schiarí la voce.

– C'era una volta in America il capo Wuotanka, Motamka, ora non ricordo il nome, Stramonio, ma il nome non importa, – e intanto si passava la mano davanti al viso come per scacciare un fastidio. – Devi sapere che questo Capo combatteva contro gli yankee che a quel tempo se ne stavano ancora sulla costa est, quella dove ora c'è New York, ti è chiaro il concetto? Era una guerra dura e procurava dolori e lutti da tutte e due le parti. Cosicché questo Capo, che era un uomo saggio, fece chiamare un Ambasciatore degli yankee e gli disse: «Voglio venire a vedere nelle vostre città come vive l'uomo bianco, perché può darsi che abbiamo torto noi e la ragione sia vostra, e che il nostro modo di vita sia sbagliato e sia migliore il vostro. Io devo pensare al bene della mia gente e allora, disse questo Capo all'Ambasciatore, voglio vedere se ci sbagliamo, perché se cosí è, smetterò di combattervi e vivremo nelle vostre città, alla vostra maniera». Hai capito Stramonio, pensa che roba, proprio cosí gli disse, se sbagliamo vivremo come voi.

Il signor Lupo fece un attimo di pausa, tirò una boccata e rimase a guardare il fumo che se ne andava libero per l'aria.

– Questo Matanka, o come cavolo si chiamava, lasciò davvero la sua tribú in mezzo alla prateria e se ne andò sulla costa a vedere le grandi città che nascevano a quel tempo, e bada bene, erano ancora le città della metà dell'Ottocento, mica le metropoli di adesso. E si dice che volle sapere tutto: da dove arrivavano le merci, come si faceva a lavorare, dove abitava la gente. Proprio tutto. Ci stette un mese laggiú, e la sera finale, al pranzo di gala, il Presidente degli Stati Uniti fece il suo bel discorsetto sulla necessità del progresso, sulla pace e tutte quelle fregnacce che ti puoi immaginare, e poi fu la volta del nostro Capo indiano. Si alzò in piedi, con la bella voce che sicuramente devono aver avuto i capi indiani, e disse pressappoco cosí: «Ho voluto sapere come vivete perché per avere la pace il lupo dovrebbe conoscere la famiglia dell'agnello, e l'agnello quella del lupo. Ho guardato per imparare, ho ammirato la vostra potenza e visto la vostra ricchezza e mi sono impegnato a capire per il bene della mia gente. Ora sono piú tranquillo, perché so che non potremo mai vivere come voi, perché voi non rispettate la Terra, che è la nostra Madre, la depredate e la violentate in ogni momento, e non potrete mai obbligarci a fare altrettanto. Io tornerò tra il mio popolo e darò ordine di combattervi, e vi combatterò io stesso finché avrò vita».

Il signor Lupo voltò lo sguardo verso il cielo, come se stesse cercando nelle stelle le parole per concludere la storia. Attese un lungo momento prima di parlare, quindi con voce calma continuò: – Il Presidente, con l'Ambasciatore e tutti quanti, protestarono e gli dissero che era soltanto un selvaggio pieno di invidia e di odio. Allora il Capo li guardò intensamente e disse loro: «Non c'è odio nelle mie parole, non c'è disprezzo nel mio sguardo, ma solo una grande pena, perché so che voi, i vostri figli e i vostri nipoti morirete soffocati dalla vostra stessa spazzatura».

Spazzatura

Sotto la guida del signor Lupo, in quella mia prima settimana di lavoro, imparai a pulire il centro della città usando la scopa e proprio come lui aveva detto, mi sembrava di essere un maggiordomo che rifacesse il trucco a una signora appena alzata. Perché noi iniziavamo il mattino presto, con le nostre ramazze di saggina, i carretti dei bidoni e la gomma dell'acqua, talmente presto che ancora il sole non si era levato e anche voi piccioni ve ne stavate tranquilli a dormire sotto i tetti; ma pure se il sonno mi faceva sbadigliare e ci voleva almeno un quarto d'ora buona di scopa prima che mi sentissi bello caldo ed efficiente, quella sveglia antelucana non mi dispiaceva, perché finalmente vivevo davvero come un tempo avevo immaginato e vedevo la città risvegliarsi un po' alla volta, come un meccanismo che si mettesse in moto lentamente, e imparavo a conoscere la gente che arrivava dalla notte e andava da qualche parte a riposare, o quelli come noi, che dal riposo stavano partendo e andavano da qualche parte, a lavorare.

Inoltre a quell'ora la città sputava quanto si era tenuta dentro il giorno prima e che la notte le aveva scaricato addosso, e come mi stava insegnando il signor Lupo, imparavo a conoscere la vita di chi era passato in quei posti, e sapevo, come fossi in un supermercato, dove avrei trovato questo o quello a colpo sicuro, e cosí, per la prima volta, notai la verità dello strano ordine segreto nascosto dentro il caos della nostra spazzatura.

Davanti alle scuole elementari, il signor Lupo menava colpi con la saggina e intanto diceva: – Stramonio, cosa troviamo su questi marciapiedi? – e io elencavo scrupoloso: – Involucri di merendine, piccoli dolciumi e bibite svariate, – e infatti il mio bidone si riempiva in un attimo con la stagnola che aveva contenuto diverse qualità di patatine, normali, o senza grassi oppure con aromi strani, e carte colorate di snack al cioccolato, con le mandorle o i canditi, barrette croccanti di wafer ripiene alla crema, e sacchetti di merendine con la marmellata, al latte, al miele, integrali oppure con vaniglia e pralinato. E resti di plumcake formato nano, piselli colorati di cioccolato al latte, fondente o caramellato, bustine di gomma americana senza zucchero, o con i cristalli gustolungo, pezzi di cono gelato e coppe del nonno con la meringa in fondo, carte di ghiaccioli alla menta, al ribes, al limone, e lattine variopinte di CocaCola, aranciata, Sprite e Gatorade, in tale varietà e confusione che sembrava fosse passato di là un esercito affamato in disfatta, una truppa di disgraziati che per mesi non aveva messo niente sotto i denti o visto un goccio di roba da bere, come nel deserto.

Anche dando di scopa davanti al viale dei Licei il signor Lupo mi urlava: – Stramonio, cosa si trova qui attorno? – e io elencavo piú o meno le cose di prima ma con l'aggiunta di innumerevoli resti da fumo, cicche di sigarette nazionali ed estere, con filtro, senza filtro e ultraleggere, quelle smilze e lunghe che non avrebbero dovuto far male ma sulla scatolina avevano scritto, in oro, «Nuoce gravemente alla salute», e anche i contenitori usati delle cartine Rizla, per fare gli spinelli, normali, lunghe o aromatizzate, blu, azzurre, bianche o nere, e un gran numero di offerte sconto per discoteche dai nomi inquietanti: Paranoia, Misanthropy, Schizofrenia, oppure strani, del tipo Umba Dumba, Crunch, o esotici e lontani come Cuchabamba, Antartide e Brazil che invece erano situate in posti appena fuori città.

– E cosa troviamo qui? – mi urlava il signor Lupo spazzando l'isola pedonale e io rispondevo puntuale: – Carte unte, bicchieri di plastica e resti di cibo davanti alla *Boutique della Pizza*, carte telefoniche e mozziconi a Telefomondo, quotidiani, riviste e tracce alimentari attorno alle panchine e buste della spesa, buste, bustine e sacchetti di plastica e carta, e questo dappertutto, senza nessuna preferenza –. Ma attorno alla farmacia il signor Lupo non mi domandava niente, dava solo dei colpi piú decisi ai resti delle confezioni di acqua distillata e poi girava l'angolo e sotto il porticato, usando una pinza speciale, raccoglieva le decine di siringhe insanguinate, abbandonate nella notte; e mentre lo faceva aveva una faccia scura, come se l'avessero picchiato, e tirava su quella roba e con cautela la metteva nel bidone, e intanto scuoteva la testa e mi diceva: – Ecco dov'è finita la speranza della gente, dillo al tuo Hrabal, Stramonio, diglielo pure, – e a me dispiaceva che lui se la prendesse con il signor Hrabal che non c'entrava niente, e tra me pensavo che prima o poi gli avrei detto a brutto muso di smetterla e me ne stavo da una parte in silenzio ad aspettare che avesse finito.

Poi toccava ai cestini della nostra zona, che non erano tantissimi, però era un lavoro delicato perché dentro ai cestini non si sa mai cosa ci si può trovare. Ci dovrebbe essere solo spazzatura, ovviamente, ma invece la gente ci lascia di tutto, per forza o per distrazione, per cattiveria o per necessità; ma il signor Lupo ormai conosceva le abitudini e stava in campana e mi spiegava, per esempio, che in fondo alla loggia dove c'è il mercato, là bisognava avere l'occhio attento perché il bidoncino appeso al muro era il posto migliore per trovare la «scotta».

– Stramonio, tu lo sai cos'è la «scotta»? – e io, che non lo sapevo dicevo: – No, signore. Può spiegarmelo? – e lui spiegava: – Guarda, qui dietro c'è il mercato della frutta e oltre alla frutta e agli ambulanti, ai clienti che comprano e ai ragazzotti del bar, c'è gente lesta, lesta di occhio e di mano, ti è chiaro il concetto? – Il concetto non mi era chiaro ma io dicevo: – Certo!

– Mentre la signora guarda attenta i pomodori o suo marito è appoggiato alla colonna a leggere il giornale, gli si avvicina un'ombra da una parte e basta appena un momento, un piccolo colpo, un alito leggero come il vento, e una borsa si apre, una tasca si scuce, si sbottona una giacca e un portafoglio cambia padrone, – e mentre spiegava mimava le mosse con destrezza, muoveva le mani e si guardava attorno proprio come se fosse lui a borseggiare. – Poi passano dal portico e fanno il giro di qui, vedi, dov'è piú buio. È questione di un attimo e in genere prendono i soldi, le carte di credito se ci sono e i documenti, che ora si possono vendere bene al mercato nero –. Intanto aveva fatto a ritroso tutto il percorso descritto ed era arrivato davanti al bidoncino, quello attaccato al muro della loggia. – Ma tu neanche te ne accorgi, passando mettono una mano dentro come a buttare un cerino, una carta, uno scontrino e invece è il nostro portafoglio, o meglio quello della signora dei pomodori. E quella è la «scotta», ti è chiaro il concetto?

Io di «scotte» ne ho trovate tante da non riuscire a capire se sono i borsaioli a esser cosí bravi oppure è la gente troppo distratta. Borselli senza pretese, alcuni vecchi, ma persino roba di coccodrillo, roba fine, con le foto dei figli e i biglietti da visita con l'indirizzo, o il santino protettore che, nella fattispecie, aveva fallito miseramente il suo compito. E anche da questi portafogli semivuoti, anche da queste poche tracce, potevo avere un'idea della storia di chi li aveva posseduti, dei suoi problemi, delle sue felicità o delle disgrazie. Perciò mi soffermavo a guardare la fotografia di un bambino o a leggere un conto, o a volte qualche appunto scritto a mano, con una data e un luogo lontano annotato, perché, anche se per educazione non avrei dovuto farlo, era una piccola magia che mi illudeva di essere in grado di capire un poco meglio il mondo.

A volte la gente buttava via le cose piú strane e allora era davvero difficile capire la storia, o il perché ci fosse nel cestino una bottiglia piena di Sauternes Château d'Yquem, intatta, roba da centinaia di migliaia di lire, mica uno scherzo; o un paio di mutande boxer in confezione, oppure un carillon austriaco perfettamente funzionante, o gli spartiti per violoncello del Concerto Bradenburghese n. 4 di Bach, ma solo l'andante. O quella volta che Martini, del Secondo Reparto, sentí un ticchettio nel bidoncino e chiamò il 113 d'urgenza, e quelli vennero sgommando e fecero trenta metri di frenata sul marmo del piazzale, si misero in formazione attorno al cestino, e data un'occhiata, sentito il comandante, fecero arrivare in fretta il Genio Artificieri al gran completo, con persino una macchina speciale per radiografare, e di tutto quello spiegamento rimasero soltanto le strisciate di gomma da pulire, perché non era una bomba, ma una sveglia lasciata lí da una storia strana, da qualcuno che se n'era stufato, oppure l'odiava per quel suo ticchettare. O forse era soltanto il regalo di una donna un tempo amata, o di un uomo a una donna, va' a sapere.

A una certa ora della mattina dovevamo trovarci pronti per l'appuntamento con Elvis e Notte all'inizio dell'isola pedonale. Il signor Notte si piazzava alla guida della spazzolatrice e partiva dal fondo, attaccato al marciapiedi, e spazzolava ben bene tutta la lordura, mentre noi tre davanti, spazzavamo la schifezza dal marciapiedi con le scope, cosí lui la succhiava tutta dentro la macchina che sbuffava e spruzzava l'acqua intorno e procedeva regolare come un treno. Noi tre si doveva spazzare di buona lena per mandare sotto il pattume, e allora il signor Elvis dava di scopa mentre il ciuffo gli andava su e giú come un'altalena e intanto canticchiava: – Be bop a Lula, she's my baby, – e il signor Lupo urlava: – Forza che è tardi ragazzi, – guardando il signor Notte seduto dietro il gran cristallo della spazzolatrice che lasciava vedere tutto il volante, i pedali e il sorriso bianco dentro il buio di quella faccia seria, piegata verso il marciapiede per prender bene il bordo e non lasciare indietro niente. Il signor Lupo lo guardava e diceva: – Vedi che roba è quello lí! – con grande soddisfazione, neanche fosse stato figlio suo, e allora anch'io mi fermavo a guardare la scena, e mi vedevo a buttar sotto il pattume con un bel ritmo, mentre la macchina sbuffava e spruzzava acqua e la gente si metteva sulla porta dei bar a bere il caffè con la tazza in mano e a guardar noi pulire. Quelli che passavano di fretta si scostavano per non bagnarsi i piedi o si fermavano un attimo e stavano anche loro a guardare noi che toglievamo la spazzatura dalla loro strada, prima in un senso e poi nell'altro, e quando arrivavamo alla fine del percorso eravamo sudati e stanchi, anche se faceva freddo ed era ancora mattino presto: cosí non sarebbe stato male se, dopo che il signor Notte era sceso e la spazzolatrice rantolando aveva fatto l'ultimo «pfuooofff», quella gente con la tazzina magari ci avesse fatto un bell'applauso, o almeno fosse venuta a stringerci la mano o che so io, un qualsiasi complimento, a noi che avevamo pulito tutta la strada.

Invece ce ne stavamo lí da soli, tutti e quattro in piedi, fermi per qualche istante, girati verso il corso, a guardare in silenzio il selciato che splendeva come si vede solo alla televisione nelle pubblicità dei detersivi. Ci asciugavamo il sudore con il rovescio del braccio e restavamo a guardare quei marciapiedi che sembravano tornati nuovi e, anche se non ce lo siamo mai detto, credo che ognuno di noi guardando quel lavoro ben fatto stesse godendo della soddisfazione che una persona ha quando sa di aver fatto bene il suo lavoro, anche se si tratta solo di levare da una strada un po' di spazzatura.

Ce ne stavamo in silenzio per un po', appena in tempo per vedere qualcuno che se ne usciva di fretta da un bar e si metteva in bocca la sigaretta e magari buttava il pacchetto fuori dal cestino o lasciava cadere lo scontrino su quel selciato che brillava. Stavamo lí finché il signor Lupo non diceva: «Forza ragazzi, andiamo al distributore» e si entrava al *Caffè del Corso*, in mezzo agli impiegati, ai loro cappuccini e alle signore con il tailleur pastello e la brioche di cereali in mano, noi con le nostre divise verdi e gialle fosforescenti, e l'odore del sudore addosso. Sicuramente da solo mi sarei vergognato, Hanta, ci avrei pensato due volte prima di entrare in quel bar elegante, in mezzo a quelli che sapevano di bagnoschiuma, ma noi andavamo proprio lí a prendere il caffè o quel bicchierino di grappa e menta che il signor Lupo chiamava «il grigioverde», e allora anche io non provavo vergogna, anzi, capivo la ragione per cui di pomeriggio o di notte andavamo a far merenda da *Pino alla Stazione* o al *Purgatorio*, ma la mattina no, la mattina si doveva andare proprio al *Caffè del Corso*, in mezzo agli impiegati con la cravatta e il cappuccino, e alle belle signore col tailleur pastello, anche se avevamo la divisa sporca e puzzavamo di sudore, perché avevamo tirato a lucido il selciato che adesso brillava piú del marmo del loro pavimento.

A quel punto erano ormai le otto e il signor Notte ed Elvis andavano al deposito a prendere la compattatrice, mentre io e il mio istruttore tiravamo giú dal camioncino la pompa Decker per la pulizia delle logge.

Hanta, Díte, voi certo sapete cos'è la pompa Decker, perché appena il signor Lupo la metteva in moto e dirigeva lo spruzzo del disinfettante verso il porticato, c'era uno svolazzare di piccioni in fuga e per tutto il tempo che stavamo là a pulire di voi non si vedeva traccia, neanche l'ombra. Ma io la prima volta che vidi la Decker non sapevo niente di pompe e di atmosfere, e allora il signor Lupo mi chiamò vicino a sé e disse: – Ecco Stramonio, questa è la pompa Decker, roba tedesca, e guarda, non è un luogo comune: i tedeschi per queste cose sono davvero i migliori, – e intanto dava dei colpetti con la mano sul motore con gran rispetto, come si fa con un amico. – Dunque qui, nel serbatoio, ci si mette l'acqua e assieme all'acqua quel disinfettante rosa. Stai bene attento: tre parti di acqua e una di intruglio. Ti è chiaro il concetto?

– Poi abbassi questa leva e parte il compressore, – e infatti la pompa prese a girare con un ritmo perfetto che sembrava un orologio. – Senti che roba Stramonio, – diceva il mio istruttore, – senti che musica, senti che gioiello! Bene. A questo punto regoli la pressione, vedi qui il manometro, queste tacche sono le atmosfere. Fin qui per la pulizia normale, da qui a qui per il grasso, l'olio, per le macchie di sporco ostinato e per la muffa. Qui è il massimo, ma sta' attento, perché può far male, è un getto ad alta potenza e stacca le cose piú dure, anche la vernice. Ti è chiaro il concetto? Vuoi provare? – e cosí presi in mano la Decker, e imparai a tener bene stretto quel portento che si muoveva e sgusciava come una biscia. Lo passai sopra le macchie d'olio lasciate dai motori, e quelle resistevano solo qualche secondo e dopo si scioglievano come fossero di gelato, passai il getto sui sampietrini della piazza e dopo un attimo il porfido era di un bel marrone rossiccio che sembrava appena estratto dalla cava, e cosí il marciapiedi e il marmo sotto il portico.

Quindi il signor Lupo mi disse: – Ora dobbiamo pulire anche il loggiato ma bisogna prima svegliare gli inquilini, – e andammo verso gli archi, cosí mi accorsi che sotto una montagna di coperte stavano quattro persone, accucciate a dormire, e della grossa. Il mio istruttore li svegliò con una certa gentilezza: – Signori, cortesemente, pulizia in camera, – e intanto salutava uno e salutava l'altro. Arrivato all'ultimo, che si era sistemato proprio in un angolo in fondo, mi fece cenno di venire e quando gli fui davanti disse: – Stramonio, questo è Giò, è un amico, – e io allungai la mano verso il signor Giò e dissi: – Piacere, – lui fece soltanto un mezzo inchino e un cenno, come un saluto. – Giò non parla molto, ma non ti preoccupare. È una brava persona e con lui abbiamo un accordo. Ogni mattina che sei in servizio, non te ne dimenticare perché il mio amico è un tipo preciso, quando gli inquilini qui sono partiti e noi abbiamo finito la pulizia al loggiato, fai svuotare il serbatoio alla Decker e dentro ci rimetti solo acqua, acqua soltanto, poi regoli al minimo la pompa. Vieni che ti faccio vedere. Ti è chiaro il concetto? – cosí feci: lustrai a puntino il marmo delle logge e dopo scesi al camioncino, aggiunsi l'acqua come detto e infine regolai il meccanismo su «normale». Quindi tornai all'angolo di Giò, sotto il loggiato, e lo trovai ritto in piedi, nudo. – Fai una cosa veloce, che non si può mica star qui per una vita. Guarda, – disse il signor Lupo, e prese la pompa in mano, aprí il rubinetto e dette due passate all'uomo già pronto, un paio di volte avanti e dietro. Cosí lo lavò sotto la Decker e quando il getto si spense il signor Giò era tutto grondante, ma aveva sulla faccia un gran sorriso e con le mani giunte ci fece un mezzo inchino, poi si diresse verso un paio di buste, in disparte, a prendere la roba per vestirsi.

Il signor Lupo non mi disse mai niente di quell'uomo e neanche io osai chiedere nulla, perché mi sembrava che Giò fosse un po' come le cose che trovavo nei cestini, quelle che la gente butta via e di loro si sa poco, se non provando a immaginare la storia che le ha portate lí, come carte sul viale. Però fui puntuale, tutte le mattine, a passargli addosso la Decker, e ogni volta il signor Giò ricambiava con un mezzo inchino a mani giunte e poi si rivestiva e partiva a raccogliere le sue borse per andare a far chissà che cosa e chissà dove. Mai ho sentito la sua voce, neppure una parola, perché di certo era successo qualcosa che lo aveva chiuso in quella grande dignità, in quella storia strana e anche se poteva sembrare un rottame abbandonato o un relitto incrostato sulla spiaggia, era una persona gentile e mite e soprattutto era pulito, non tanto per la Decker che gli passavo sopra, ma per il suo sorriso, quelle sue mani giunte, quel mezzo inchino.

Forse da sopra i tetti i piccioni possono capire se c'è un senso in quello che facciamo noi umani, di sotto, o se il nostro è soltanto un mettere insieme le cose tanto per fare, per dar sfogo ai nostri capricci prima di morire, senza una ragione o un significato. E adesso, come faccio a raccontarvi di quando io e il signor Lupo arrivammo al loggiato di corsa per le urla e le grida che sentivamo fino dalla piazza, perché là, sotto agli archi, c'era il signor Giò che bruciava come una torcia, con le lingue di fuoco alte fin sotto il tetto, e allora corsi come un matto a prendere la Decker mentre il mio istruttore cercava di buttargli addosso le coperte. La pompa gliela passai piú di due volte, quel giorno, per spegnere l'incendio e permettere al signor Lupo di abbracciarlo, di abbracciare quel tizzone nero che intanto stava urlando, guardava fisso davanti a sé e strillava e chiedeva aiuto con la voce che non gli avevamo mai sentito.

Capisci Hanta quando ti chiedo se c'è un senso? Díte, riesci a pensare anche tu qualcosa? Perché ero uno spazzino e raccogliere il pattume era il mio dovere, questo è sicuro. Ma mentre gli infermieri portavano via quell'uomo e la Polizia ascoltava da questo e quello la storia, vidi lo sguardo del signor Lupo, uno sguardo duro da far paura, che guardava una scritta alta, grande, tracciata per bene in stampatello sul muro delle logge: «Bruciate. Siete solo spazzatura».

Notte

La mia prima settimana di lavoro finí in un attimo, neanche il tempo di far indurire i calli alle mani e già mi ritrovai al sabato mattina, sveglio, seppure stanco, e con un senso di vuoto per la mancanza della levataccia alla quale ero ormai affezionato. Perciò decisi lo stesso di uscire presto e me ne andai per la città a passeggiare, a prendere il caffè, a leggere il giornale e intanto guardavo con occhio da professionista il lavoro che stava facendo un'altra squadra, i cestini svuotati, con i sacchetti di plastica nuovi messi dentro come un guanto, l'isola pedonale del Corso tirata a lucido, anche se io non avevo neppure mosso un dito.

Vedevo le persone chiuse nei loro pensieri, passare spedite in mezzo alle strade pulite, di fianco alle logge lavate dalla Decker o all'incrocio dove ancora luccicava la traccia umida lasciata dalla spazzolatrice, ma nessuno sembrava accorgersi che qualcosa era avvenuto tra la notte e la mattina, che qualcuno aveva raccolto, pulito e lavato i posti dove loro gettavano quello che non volevano piú avere in mezzo ai piedi, e il suolo della città dove camminavano, e le panchine dove si sedevano a leggere il giornale.

Finalmente, sulla porta del *Caffè del Corso* con la tazza in mano, mi godevo questo spettacolo con compiacimento, perché invece io sapevo quali meccanismi stavano dietro l'apparente magia di quel pulito quotidiano, conoscevo la forza del braccio, il movimento del polso, il sudore e l'attenzione che occorrevano per far andare avanti quel teatro, anche se a prima vista pareva che tutto funzionasse da sé e senza sforzo. Guardavo le case eleganti e il porfido da cui si alzavano con grazia, e sapevo che sotto quella bellezza scorreva l'acqua sporca, il letame umano del mattino che migliaia di brave persone stavano scaricando nelle fondamenta della città dopo il riposo della notte, accucciate sulle ceramiche dei bagni, davanti ai lavandini, sdraiate nelle vasche o in piedi dentro le docce, attraverso selve di tubi, di condotti, di sifoni, giú, sotto quella meraviglia di strada che dalla porta del *Caffè*, con la mia tazza calda in mano, vedevo splendere profumata e linda.

Me ne stavo in quel modo, con quella contentezza, e nello stesso tempo consideravo che in una settimana avevo fatto un passo da gigante, molto piú grande di quanto mi sarei immaginato: avevo ottenuto l'assunzione, avevo vissuto da uomo tra uomini, senza cedere di fronte a nessuna difficoltà e senza versare una lacrima. Eppure avevo visto i nomadi, il signor Giò bruciare, sentito nel cuore le parole dell'amicizia, e avevo le mani indolenzite per il lavoro. Cosí pensai che persino il signor Hrabal sarebbe stato contento di me, e allora un giorno sarei partito com'era partito per il Brasile mio zio Elio, sarei andato lassú, nella magica Praga, a cercare l'osteria della *Tigre d'Oro* e dopo mi sarei avvicinato a un tavolino, in fondo alla sala, dove avrei trovato il signor Hrabal seduto dietro una birra e avrei allungato la mano come si fa tra uomini e gli avrei detto: «Signore, permette? Io mi chiamo Stramonio, e raccolgo sporcizia» e lui mi avrebbe dato la sua e avrebbe detto: «Bravo, si sieda, e mi racconti» e cosí io, il piccolo Stramonio, avrei cominciato a raccontare al signor Hrabal in persona come si fa la pulizia al mondo.

Eppure questa contentezza non era completa e mi sembrava che nonostante il gran passo che avevo fatto, alla mia vita mancasse ancora molto e cosí, pensando, mi avviai verso casa dello zio Elio per parlargli. Lo trovai in vestaglia, quella orientale, e gli raccontai tutto, tutta la settimana trascorsa, il lavoro, i compagni, i nomadi e il resto. Gli parlai anche dell'insoddisfazione che mi girava dentro e come sempre lui non aspettò molto e disse: – Tu hai bisogno di una casa, ragazzo mio, perché la vita di un uomo deve passare per la propria casa, per la fatica di trovarla e il piacere di abbandonarla.

Ora, non è che tutto questo discorso mi fosse chiaro, ma mentre riflettevo sul senso di quella frase, mio zio era già sparito nell'altra stanza e stava tornando con un fascio di giornali su cui, secondo lui, avremmo trovato quanto faceva al caso mio. Ma quando ormai la mattinata era trascorsa senza essere approdati a nulla, egli si dette improvvisamente una gran pacca sulla fronte e disse: – Che stupido! Come ho fatto a non pensarci prima? – e tornò dopo un attimo pronto per uscire. – A volte l'isola del tesoro è proprio lí a due passi mentre i nostri occhi puntano ancora verso l'orizzonte. Caro nipote, ho io la soluzione in tasca, e non l'avevo vista!

La soluzione dello zio Elio stava dietro una serranda metallica, al fondo di un cortile di periferia, non lontano dalla sede dell'ARIA. – Ragazzo, non badare alle condizioni attuali, ora è un po' che non ci vengo, – disse mentre con il viso rosso per lo sforzo alzava la saracinesca con un rumore di mitragliera, – basterà un po' di lubrificante qui e qui. Ora guarda, – e spalancò la porta a vetri che chiudeva un locale abbastanza grande, ingombro di oggetti di ogni tipo. – È tutta roba che ho portato dal Sud America e che non posso tenere a casa, hai visto com'è, dove sto io. Qui c'è tutto, credo ci sia anche il riscaldamento, un letto e là dietro c'è persino un piccolo bagno, perché una volta questo era un bar. Bolas, queste sono bolas, – e intanto aveva preso in mano uno strano aggeggio e lo roteava sulla testa, mentre io guardavo sconsolato tutta quella confusione, le casse ammucchiate, le cataste di giornali, la polvere che copriva tutto. Mio zio dovette rendersi conto di quella perplessità perché finí di far girare le bolas e mi disse: – Non ti preoccupare, capisco che non è il massimo, ma con un po' di lavoro metteremo in ordine tutto e tra qualche giorno avrai la tua casa. Te lo assicuro.

Cosí facendo mi posò le mani sulle spalle e continuò: – In fondo, non sei ormai uno specialista della pulizia? Non credi che in poco tempo riuscirai a riordinare questo caos e, finalmente, potrai affrontare il tuo viaggio nella vita? – e allora ancora una volta mi venne in aiuto il signor Hrabal, che forse dal suo tavolo della *Tigre d'Oro* mi ricordò del posto dove abitava Hanta il pressatore, pieno delle cose e dei libri che si portava a casa. Cosí pensai che quel magazzino era un segno del destino di noi che traffichiamo coi rifiuti, e dietro alle spalle dello zio Elio non vidi piú un cataclisma preoccupante, ma il vero mobilio della mia vita, e dissi: – Certo! Mettiamoci all'opera.

Nonostante la buona volontà, quel pomeriggio i lavori non progredirono piú di tanto anche perché inciampavano continuamente nei ricordi dello zio evocati dagli oggetti: – Questo è un sombrero messicano autentico, dell'altopiano. La vedi questa cassa? È piena di gusci di cocco lavorati, questo arriva dalla Guyana, questo è un *charango* cileno, – e a ogni oggetto seguiva la storia di una città, di un personaggio o di una traccia lontana che in quel momento si era fatta reale. Insomma, la sera arrivò e noi eravamo ancora al punto di partenza ma il morale no, il morale era alle stelle, quindi ci lasciammo con la promessa che nei prossimi giorni ci saremmo rivisti magari cercando aiuto per portar via un po' di roba. E mentre già stavo andando, lo zio mi richiamò e mettendomi come sempre le mani sulle spalle disse: – Mi raccomando, parla a tua madre e raccontale tutto. Credo che avrà piacere nel sentire che la tua vita sta cominciando bene. Un figlio, appena ha le gambe, parte per il mondo e spesso non si rivede piú e il distacco è sempre un dolore. Tu sii cortese, ma dopo vai via e non ti voltare. Non cedere alla compassione o alla *saudade*. Vai e basta, io ti starò a guardare, – e mi lasciò cosí sul marciapiede mentre si allontanava ripetendo tra sé: – Niente *saudade*!

Per i piccioni è senz'altro piú facile lasciare il nido, e andarsene dalla madre per vivere in un buco di un muro o in un solaio, ma per me non fu cosí semplice spiegare le mie esigenze di persona che deve trovare la vita da un'altra parte a una donna già triste per tutto quello che sapete. Nonostante cercassi con attenzione le parole, e le spiegassi della mia insoddisfazione, dello zio Elio e tutto il resto, non fu facile per niente affrontare la sua tristezza e il peso della mano che mi accarezzava la testa. – Non ti preoccupare, io ti capisco, – mi disse, – d'altronde ormai sei grande ed è giusto cosí, ma quando avrai bisogno di qualcosa sai dove trovarmi –. In questo modo, senza troppi drammi e senza neanche lacrime o altre discussioni, mia madre mi dette la sua benedizione affinché potessi diventare uomo dentro quel magazzino ingombro e poco accogliente. Il pensiero di renderlo abitabile non mi lasciò dormire per tutta la notte e mi tranquillizzai solo l'indomani quando, sul lavoro, parlai col signor Lupo e gli raccontai come stavano le cose. – Niente paura, – disse lui, – ti mando io qualcuno per aiutarti. Se non ci diamo una mano tra noi, siamo finiti, – e montai dietro la compattatrice piú sollevato da quei pensieri oscuri.

Hanta, Díte, avete visto? Mi sono di nuovo perso nei discorsi e stavo dimenticando di parlarvi della compattatrice. Una nuova settimana era iniziata e un'altra parte del lavoro mi aspettava. Stavolta sarei andato con il signor Lupo a caricare i cassonetti del Mercedes. – Ecco qua, – mi disse indicandomi il mio posto, – tu salti sopra la pedana e ti afferri con le mani saldamente, perché l'autista là dentro non è che può badare a te. Ti è chiaro il concetto? – e io dissi: – Certo signore, – anche se ero preoccupato per quella posizione non troppo sicura e cercavo di immaginare se stare aggrappato a quel coso fosse piú o meno difficile che schiacciarmi nell'angolo del camioncino per schivare il gomito del mio istruttore.

– Bene. Allora fai attenzione: il Mercedes si ferma accanto ai recipienti, noi scendiamo insieme, tu vai a destra, io a sinistra e spingiamo il cassonetto verso la presa. Prima si sgancia il fermo e poi si spinge, ma mi raccomando, all'unisono, se no si fa fatica per niente. Il resto è un gioco da ragazzi: mentre io metto la ganascia a posto, tu che sei sempre sulla destra aspetti il mio via, poi tiri la leva gialla sulla posizione «uno». La presa porta su il cassonetto e quando quello è in posizione premi il bottone rosso, cosí si scarica. Dopo riporti la leva gialla nella sua posizione e il cassonetto se ne ritorna di sotto ormai vuoto e leggero, per metterlo a posto basta un dito. Ti è chiaro il concetto? – e io dissi sorridendo: – Sí signore, mi sembra tutto molto semplice, – ma il signor Lupo alzò una mano e fece: – Le macchine sono semplici e fanno solo quello che gli dici. La testa degli uomini no, è complicata e ti accorgerai ben presto che anche le cose piú banali, qui, diventano complesse e intricate piú di un bosco. Comunque, tieni gli occhi aperti e potrai imparare.

Cosí sull'eco di quell'avvertimento pedagogico montai sulla pedana tenendomi ben fermo, mentre il Mercedes partiva dal cortile dell'ARIA verso la notte. Già, perché nella nuova settimana il turno era invertito, per cui le squadre che avevano lavorato il mattino adesso passavano alla notte e viceversa, e quindi mi ritrovai in mezzo alle luci della città, come fossi sopra una moto, impegnato a vincere la mia paura di viaggiare in bilico e all'aria aperta, ma stavolta non avevo un torace a cui aggrapparmi, bensí il freddo acciaio delle barre su cui stringevo le mani e la parete rimbombante del cassone contro la quale mi appiattivo chiudendo gli occhi. Da quella posizione, tra le braccia della presa riuscivo a sbirciare il signor Lupo, e lo vedevo in piedi che pareva reggersi a niente, bello, piantato sulla pedana con il suo sigaro in mano, i capelli al vento come una bandiera, e assorto cosí profondamente nei suoi pensieri da non dar nessuna importanza agli scossoni, alle buche, alle frenate e alle partenze, neanche si trovasse a terra, appoggiato sul muretto del Corso a guardare il passeggio della sera.

Invece era pronto, attento e come sempre deciso quando mi disse: – Ecco Stramonio, ci siamo, ricorda: precisione e sincronia ci salvano dalla fatica e dal tempo, – e io mollai la maniglia dopo la frenata, mi avvicinai veloce al cassonetto, sganciai con il piede il fermo, attesi il suo sguardo per spingere quel coso pieno di schifezza puzzolente e metterlo bene sotto la presa, poi feci un altro salto indietro verso la pulsantiera e attesi che la mano alzata del mio istruttore desse il segnale, e quindi sentii il motore aumentare i giri, la lamiera tremolare sotto l'abbraccio della ganascia e arrivare in alto come un bambino sollevato senza sforzo verso il cielo. E mentre saliva il coperchio si apriva e la prima spazzatura cominciava a scivolare di sotto, le prime buste, i primi sacchetti; e poi, quando il cassonetto si fu arrestato, guardai di nuovo il signor Lupo, attesi il segno e spinsi in fondo per la prima volta il bottone rosso e quella cosa lassú dette un sussulto, poi si ribaltò con gran clamore e una pioggia di roba maleodorante inondò il cassone. La ruota dentata girando trascinò tutto dentro, mentre una ventata d'aria fetida passava su noi e saliva verso i tetti delle case addormentate.

Il signor Lupo dovette accorgersi della mia smorfia di disgusto, del mio girare d'istinto il capo verso l'esterno perché sorrise e disse: – Senti Stramonio? È il vero odore della città, non il fresco del pino o la gioia della lavanda spray, ma questo che senti qua, il suo sudore, la crema che esce da ciò che siamo, perché la vita puzza e come disse un grande: «È dove c'è puzzo di merda che si sente l'essere», mica d'altre parti! – e io dissi: – Certo, signore, certo che lo sento, – però ancora provavo diffidenza per quell'odore di marcio e piuttosto cercavo di non perdere il ritmo, di andare in sincronia con il mio compagno. Ma non appena presi dimestichezza e il lavoro cominciò a filare senza intoppi, mi resi conto del fascino di quella pulizia fatta di notte, mentre la gente dormiva dentro le case e l'aria era pulita e fredda, rare le macchine e rari anche i passanti, il buio appena squarciato dalle luci dei viali e dal lampeggiatore giallo del Mercedes che illuminava la scena. Allora pensai che quel balletto strano tra me e il signor Lupo, il danzare di cassonetti e mani alzate, di sguardi e di bottoni premuti aveva una sua eleganza e un senso preciso, accompagnato dalla musica meccanica del motore, dallo sbattere delle lamiere e dalla nevicata di sacchetti che a ogni giro di valzer si rovesciava nel cassone.

Anche l'odore, anche quel puzzo che all'inizio mi scendeva fino al cuore adesso non lo sentivo piú e, anzi, riuscivo quasi a scomporre gli odori e a capirne la provenienza, se fossero plastiche, carte o resti di cibo, se carne o pesce e che tipo di carne, e che pesce. Ancora una volta, cosí come era successo con la scopa, imparavo a conoscere la città secondo la sua geografia interiore, e constatavo di persona che le montagne di rifiuti sputate ogni notte dai cassoni erano il segnale di quanto scorreva dentro le case: della loro povertà o della ricchezza, dei cambi di stagione o dei divorzi, di un lutto o di una nascita, della felicità o della disperazione.

Presto imparai anche il senso di quello che diceva il signor Lupo a proposito della complessità dell'uomo, perché ognuno faceva a modo suo il semplice dovere di posare i rifiuti nel cassonetto. Un gesto elementare ed essenziale, che se fatto bene avrebbe reso la raccolta un andare agevole tra un recipiente e l'altro, con buona lena, buon ritmo e rendita sicura. Invece la nostra danza era continuamente interrotta da sacchetti lasciati fuori sede, per pigrizia, per protesta, per trascuratezza, oppure attaccati con creatività ai ganci della presa, un'operazione che certo doveva aver richiesto studio, applicazione e forza, molto piú della semplice pressione sulla barra per aprire lo sportello e poi gettare. – Ecco, Stramonio, vedi l'indole dell'uomo? – mi diceva il signor Lupo indicando quei mucchi sparsi intorno ai recipienti, – è il trionfo dell'irrazionale contro la programmazione, è la sconfitta dell'ingegneria meccanicista di fronte all'imprevedibile e poco civica creatività dell'individuo che fa come gli pare, nel modo in cui gli salta in mente e di cui noi qua siamo maestri –. Cosí dicendo mi mostrava cassette di cartone piene di rifiuti accatastate in qualche angolo di strada, oppure lavatrici desolate, abbandonate accanto al cassonetto in compagnia di materassi vetusti, sedie spagliate, testiere di letti, ruote di bicicletta, ferri da stiro, televisori e persino computer obsoleti.

– Ti ricordi le compattatrici giganti, quelle automatiche con la telecamera? Sono i gioielli che l'Ingegnere ha comprato per rendere meccanizzata la raccolta, – mi diceva il signor Lupo spingendo il cassonetto, – sono giocattolini che costano un mezzo miliardo e da soli, soltanto con l'autista sopra, potrebbero fare il lavoro che noi stiamo facendo in tre. Arrivano qui davanti, – disse indicando una riga nera sul recipiente, – puntano con la telecamera il bersaglio, poi basta premere il bottone e la macchina fa tutto da sé, prende, alza, scarica e riporta. Ti è chiaro il concetto? – e io mi immaginavo quel portento all'opera, sbuffante nella notte, con l'autista chiuso nella cabina piena di strumenti quasi fosse un pilota di aeroplano e cosí dicevo: – Certo, signore, una gran cosa il progresso!

– Macchine, soltanto macchine, senza considerare l'uomo, – la voce del signor Lupo si era fatta piú alta, – perché gli ingegneri progettano il futuro senza guardare il presente e il presente è questo, – diceva indicando i sacchetti appesi alla ganascia o il frigorifero sfondato in attesa di qualcuno che lo raccogliesse, – e nessuna macchina può eliminare l'indifferenza della gente, nessun meccanismo può essere efficace contro la nostra paura di deperire, ti è chiaro il concetto? – e anche se il concetto non mi era chiaro per niente, rispondevo: – Certo, signore, – e stavo ad ascoltare lui che continuava: – Ecco allora che ci vogliamo sempre noi uomini anche se spazzini, con le nostre mani e la nostra pazienza, per seguire i carri armati come i fanti e tornare dietro le compattatrici giganti da mezzo miliardo, a tirare su la sporcizia rimanente con le nostre scopette, ad arrivare con la benna e prendere il frigorifero sfondato e il letto e il materasso, – ed elencando, intanto compilava un questionario su cui annotava il nome della strada, l'ora e cosa c'era abbandonato da portar via domani, tutto quello che nessuna compattatrice avrebbe potuto caricare mai.

– Poi ci sono le lotte per la posizione dei cassonetti, caro Stramonio, lotte dure di anni per non avere la puzza sotto la finestra, – continuava il signor Lupo. – Tutta via Mulini è in subbuglio da tempo immemorabile perché il 36 non vuole piú il deposito davanti all'entrata, ma se lo si sposta di fronte a qualche altro civico scoppia una rivoluzione e la stessa cosa succede se lo si sposta lontano da tutti perché è troppo scomodo il tragitto. Ti è chiaro il concetto? – e io dicevo: – Certo, signore, – e dalla pedana della compattatrice guardavo con altri occhi le case ordinate di via Mulini e forse la stanchezza, forse era l'atmosfera strana per il buio, ma io pensavo a lontane faide medioevali e mi immaginavo sguardi e agguati di persone nascoste dietro le serrande abbassate di quei palazzi eleganti.

Questo era il giro di notte, con i nostri discorsi che rimbombavano nei viali e gli occhi che verso mattina si facevano pesanti, e quello era il momento di passare da *Pino alla Stazione* dove c'erano i primi viaggiatori, i ferrovieri e le signorine della vita, quelli dei Mercati Generali e noi della spazzatura, ma soprattutto c'era il caffè di Pino che era una bomba e ti regalava un altro paio di ore di sveglia per finire il turno. Io me lo bevevo in disparte, appoggiato al muro o in un angolo a guardare il signor Lupo che parlava con tutti, salutava questo e quello, anche le signorine prostitute, perché a lui il sonno non sembrava pesare quanto invece pesava a me. Hanta, ti assicuro, davvero mi sembrava di essere come voi, tanti piccioni stretti in quel bar al caldo che ci muovevamo di qua e di là per non sentir la stanchezza alle gambe, per fare quattro chiacchiere e tubare per alleggerire la notte. E tutto questo mi piaceva perché là dentro c'era davvero l'odore del mondo, l'afrore dei treni e il sudore dei viaggi, il sentore delle verdure fresche del mercato e il puzzo di pesce che anche se è fresco puzza di pesce, il tanfo delle pattumiere svuotate e il profumo strano di quelle signorine, un misto appiccicoso di donna e di uomo insieme, senza un preciso confine. Da quelle notti ho imparato ad apprezzare il giorno, che prima mi sembrava una cosa molto piú banale, come le merci comprate già pronte, cellofanate e precotte. Invece adesso so come si prepara il giorno, come si cuoce piano piano nella notte, passando in mezzo al silenzio, alla sporcizia e alla gente che non dorme perché non può o non vuole o perché non ci riesce piú, e allora passa da *Pino alla Stazione* per stringersi al caldo, a parlare di niente, a prendere un caffè e a sperare che dopo due ore la luce torni di nuovo, come sempre, e si possa tornare a casa a dormire, a sgranchirsi le reni, e finalmente togliersi i guanti e far tacere la compattatrice.

È in questo modo che ho imparato come nasce il giorno e qualcosa in piú della vita di noi uomini, e in particolare la volta che eravamo in piena danza e ascoltavo i discorsi del signor Lupo quando dal cassonetto sotto le nostre mani si sentí un rumore: una specie di singhiozzo, appena un cenno cosí leggero che fu un miracolo sentirlo. Un miracolo del cielo, di quelli che reclamava il signor Malerba al Collocamento, perché il rumore era davvero forte, col motore della compattatrice su di giri, e con le nostre voci. Per questo, in un primo momento, nessuno di noi due ci fece troppo caso, e ci guardammo come in un dubbio; ma quando già avevo messo la leva gialla sulla posizione «uno» e la presa stava alzando tutto, il singhiozzo si sentí piú chiaro in mezzo a quel baccano, cosí che proprio quando stavo premendo il dito sul bottone, la voce del signor Lupo schiantò la notte con un urlo sovrumano che parve quello di un dio imperioso: – Fermati Stramonio! – e io non feci piú mossa, ma mentre mi stavo domandando cosa stesse capitando di tanto grave, lui si era già arrampicato sulle braccia della presa e aveva tuffato tutto il tronco dentro al cassonetto mentre da sotto urlavo: – Tutto bene, signore, qualche problema? – Anche l'autista era sceso dalla cabina per capire il motivo del trambusto, quando il mio istruttore emerse dall'immondizia davvero come un dio greco, illuminato dai lampi gialli dell'intermittenza, in controluce, e pur se ai suoi capelli erano appiccicati torsoli di mela e carte sporche, sul viso aveva un sorriso che cosí soddisfatto gli vidi solo quella volta, e nelle mani qualcosa di strano, qualcosa di molto piccolo, come fosse un uccello, ma che piangeva, vagiva come fanno i bambini appena nati. – Guardate che bel sacchetto ho trovato, – diceva intanto il signor Lupo dietro al sorriso, ma mentre noi stavamo imbambolati a guardare da sotto quella scena, cominciò a urlare con quanto fiato aveva in corpo: – Aiutatemi a scendere di qui, porca miseria, e di corsa all'ospedale.

Cosí mi trovai da solo sopra la pedana, attaccato con tutte e due le mani alle sbarre per cercare di non farmi buttare giú dalla compattatrice che volava per le strade della notte, e intanto il giorno stava nascendo e io pensavo a quell'altra cosa appena nata, a quella cosetta nuova trovata dentro all'immondizia anche se ancora non aveva fatto niente, anche se non si era neppure consumata e già per lei la vita era quasi finita.

Neanche scartata e già buttata nella spazzatura.

Nova

Poiché lavoravo spesso di notte, il pomeriggio potevo dedicarmi alla pulizia del garage che sarebbe diventato la mia casa. Sotto il peso del palazzo di cinque piani che lo sovrastava, quel rifugio somigliava alla piccola tana di un animale, ingombra di sporcizia e di oggetti abbandonati alla rinfusa, testimonianze del mondo, ricordi di viaggi. Mi aggiravo solo e senza fantasia in mezzo agli scatoloni, tra un mucchio di libri vecchi e un gruppo di abiti tarlati senza avere un'idea di come iniziare a dare una forma vivibile a quel cimitero di oggetti, perché quel posto pareva proprio lo specchio della mia condizione. Mi vedevo ancora minuto, muovere i primi passi in mezzo alla confusione con una scopa in mano, a cercar di mettere ordine alle cose. Io, che avevo appena cominciato a capire quanto è utile osservare lo sporco del mondo, quanto è bello guardare la distruzione, avevo ancora tutto lí davanti: la mia vita, quella di mio zio, quella delle persone che abitavano i cinque piani sopra il mio garage, e forse anche di quelli che vivevano nella città intera.

Come un vagabondo giravo tra le casse di ricordi sudamericani, vestiti di foggia tropicale che un tempo erano stati di un bianco smagliante, intere annate di *National Geographic* mangiate dagli insetti, e ascoltavo il crepitare della carta vecchia quando viene disturbata dall'immobilità in cui riposa. Ne osservavo il colore ambrato, impregnato di tempo e di polvere. Guardavo l'ombra che le casse avevano impresso sul muro, la loro firma che avrei dovuto cancellare, sentivo nel naso l'odore penetrante della paglia dei Panama ingialliti dagli anni, talmente indeboliti dal tempo che se appena toccati si sbriciolavano tra le mie mani. Come avrei potuto gettare quelle cose, evacuare la storia della loro esistenza che in fondo era stata di mio zio e quindi anche mia?

Accucciato tra una scatola e l'altra restavo per ore in silenzio, incapace di trovare una soluzione che non comportasse l'eliminazione di tutta quella roba, e intanto ascoltavo i rumori di chi viveva sopra di me, i colpi dei tacchi sul mio soffitto che era il pavimento della vita di un altro, lo strisciare di sedie spostate, le voci delle persone e dei televisori. Sentivo lo sciabordare dell'acqua delle lavatrici e il suo precipitare dai condotti, le catene degli sciacquoni tirate per scaricare di sotto gli scarti dell'uomo, il gorgogliare dei bagni, la cascata dei rubinetti dei condomini e l'insieme dei loro rifiuti scendere di sotto, lungo i muri. Dai cinque piani che mi sovrastavano, li sentivo transitare dalla condotta del bagno e testimoniare l'esistenza di chi mi viveva sopra. Passavano per un attimo e scendevano ancora piú in basso, sotto il pavimento dove io stavo seduto che era il soffitto del mondo sotterraneo. In quel modo, dal mio silenzio, percepivo lo scorrere di quello che la nostra vita vi scaricava, e lo squittire dei topi, suoi abitanti, altri cinque piani di topi che lottavano ogni giorno nel sottosuolo aspettando gli scarichi delle nostre vite e che, come me, ascoltavano i rumori arrivargli da sopra le loro teste mentre io restavo seduto cosí, in attesa di un'idea per dare forma alla mia casa, con un mondo di sopra e un mondo di sotto e la vita sospesa nel mezzo.

Uno di quei pomeriggi bussarono alla porta e aprii convinto di trovarmi di fronte mio zio Elio. – Sei tu Stramonio? – mi disse invece una ragazza, e senza aspettare una risposta mi allungò la mano: – Mi chiamo Nova e sono la figlia di Lupo. Ha detto mio padre che hai bisogno di aiuto per mettere a posto la casa, – ed entrò dentro il garage. Già ero rimasto meravigliato per quella visita inaspettata, ma fui ancora piú sorpreso perché non sapevo che il signor Lupo avesse una figlia. Come posso spiegarlo a due piccioni, ma quello che a noi uomini colpisce di una persona è spesso un particolare secondario, qualcosa di indefinito che non è importante comprendere. Non so come funzioni tra voi, ma vorrei cercare di farvi capire perché rimasi colpito da quella visita, come per me fu piacevole: Nova esprimeva immediatamente un senso di allegria e di vita, aveva un modo di essere che invitava a esserle amico all'istante.

Ora, non dovete pensare a qualcosa di malizioso, non c'era niente di strano in questa mia sensazione. Semplicemente successe che lei entrò con naturalezza in quel garage, e quindi nella mia esistenza, si guardò attorno e disse che di lavoro ce n'era da fare molto. Poi si tolse la giacca e cominciò subito a guardare dentro le casse, a spostare la roba e a tentare di aprirsi una strada in mezzo a quella confusione. Fu cosí che me la trovai accanto e iniziai a osservarla mentre si aggirava tra le cose, e pure se fisicamente era proprio il mio opposto, cosí ben in carne, alta e imponente rispetto alla poca cosa che io sono, aveva una voce determinata e dolce allo stesso tempo e un modo di sorridere che mi fecero dimenticare all'istante le mie preoccupazioni. Dopo pochi minuti ero già a mio agio e decisi di spiegarle l'intenzione di non gettare tutti gli oggetti dello zio Elio, la mia paura di non riuscire a sistemare degnamente quello spazio, e lei, come se già avesse pensato alla soluzione disse: – Potremmo fare cosí: useremo gli scatoloni con gli scarti per ricavare due o tre ambienti, mentre con la roba che piú ti piace arrederemo i locali –. Poi, vedendo il mio stupore per quella risposta pronta, continuò: – Sai, sono abituata con mio padre: la sua casa non è molto differente da questo posto.

Furono pomeriggi splendidi, passati a esaminare oggetto per oggetto, a valutarne l'utilità e a sceglierne la destinazione; una volta compiuta la cernita, usammo le scatole come dei grossi mattoni e ricavammo tre piccoli locali disponendole in verticale. Fu davvero un gran divertimento, perché col passare del tempo il disordine scompariva e al suo posto si iniziò a vedere un embrione di casa.

Inoltre Nova era davvero vulcanica e le bastava un oggetto, un libro o un'immagine per imbastire una storia, per iniziare un gioco o per suggerirmi un'idea. Trovammo una vecchia Voiglander a soffietto, e fu naturale allestire una parodia di atelier fotografico in cui io ero il grande maestro e Nova la modella vestita di drappi alla moda africana, ma poco dopo lei era già dietro la macchina ed ero io a vestirmi con gli abiti tropicali dello zio Elio e a creare assurdi scenari in sahariana color crema o con un buffo vestito delle pampas. Trovammo un vecchio grammofono a molla e dischi di tango e allora fui trascinato in un ballo indimenticabile, aggrappato alla vita di Nova e sostenuto di peso. Nello spazio che avevamo ricavato, battezzato pomposamente «il soggiorno», ondeggiavo con lei, strapazzato dai casqué e dalle veroniche di una danza sfrenata, senza mai appoggiare i piedi per terra. Trovammo un vecchio fucile, degli archi e delle frecce, e cosí Nova organizzò senza indugio una caccia grossa tra muri di scatole e montagne di roba.

Lavoravamo sodo e giocavamo altrettanto seriamente, e lei una volta mi domandò: – Stramonio, ma che vuol dire il tuo nome? – cosí le spiegai che ero stato battezzato sul bordo di una discarica proprio da suo padre, il giorno in cui ci eravamo rovesciati sul pattume con il camioncino e lui era atterrato sopra una pianta di stramonio, un'erba che cura l'abbandono e proprio per questo cresce vicino ai ruderi e ai rifiuti. Io ero proprio orgoglioso di chiamarmi cosí, le assicurai, perché se non fosse stato per la spazzatura mi sarei chiamato soltanto Paolino, che in fondo è un nome da poco mentre Stramonio, quello era il mio nome da uomo.

Lavoravamo sodo e parlavamo molto di noi e anch'io un giorno le domandai: – E tu Nova, perché ti chiami in quel modo? – cosí lei mi spiegò che in realtà il suo nome sarebbe stato Umanità Nova, un'idea libertaria e di speranza, ma anche il nome di un giornale anarchico in cui aveva lavorato suo nonno, e a lei andava bene cosí, sebbene tutto intero fosse un nome pesante. – Ha un bel senso, – disse per spiegarmi meglio, – perché di nuova umanità ce ne sarebbe proprio bisogno e quindi mi piace. Meglio Umanità Nova che Samantha, non ti pare?

Lavorando e giocando ci raccontammo giorno dopo giorno le nostre vite e in particolare io le parlai di quello che già sapete, cominciando dall'esame di maturità, l'abbandono di mio padre e tutto il resto e anche lei, come il signor Lupo, rise ascoltando le mie avventure e dovette smettere persino di lavare per terra o di sistemare i libri perché le risate le scuotevano tutto il suo grosso corpo e doveva fermarsi a riprender fiato. Quando poi il respiro le ritornava regolare mi guardava felice e mi diceva: – Ma davvero hai fatto cosí? – scuoteva la testa e mi diceva: – Ma veramente gli hai risposto in quel modo? – e io le dicevo che davvero non avevo capito il nome di suo padre e davvero avevo vomitato sull'Ufficiale Medico e davvero avevo aspettato altri due concetti dall'Ingegnere, e finalmente mi accorsi di essere felice della vita che avevo passato, perché la stavo raccontando a Nova e lei mi ascoltava, era contenta e rideva, rideva tanto che mentre parlavo doveva sdraiarsi sulle coperte messicane, asciugarsi le lacrime e riprendere fiato.

Dopo qualche pomeriggio la maggior parte del lavoro fu terminata e chi avesse bussato alla mia porta sarebbe stato accolto in un piccolo ma confortevole locale dove alcuni cuscini variopinti delle Antille erano stati disposti a terra come un divano, la parete era ravvivata dai colori di ponchos, e per tavolino, al centro della stanza, stava un curioso bauletto da viaggio. Da quel primo locale si passava in un altro, con un letto e una libreria di assi e mattoni, mentre al muro era appeso uno specchio con una cornice azteca. Infine c'era la cucina, con un tavolo ricavato da un cassone di legno e per sedie quattro barilotti che un tempo avevano contenuto rum della Giamaica, di quello buono.

Posso capire che descritta cosí la mia casa vi potrebbe sembrare un'inezia, ma forse vi farà la stessa impressione che proverei io se poteste descrivermi il nido dove vivete: per me quel rifugio era davvero il massimo perché era una cosa mia, era il posto dove finalmente potevo ritirarmi la sera senza scambiare sguardi con mia madre o dividere lo spazio col signor Mohamed, era il luogo in cui avrei cominciato la mia vita da uomo. Soprattutto l'avevo fatto io, o meglio, l'avevamo fatto io e Nova e questo lo rendeva ancor piú prezioso. Inoltre era nato dal caos, come dal caos si dice sia nato anche il mondo, e infine era in basso, sotto tutta la gente che, da cinque piani, gettava nei tubi i resti della loro esistenza che mi scivolava accanto.

Da quei giorni ho iniziato a sentire un diverso sapore della vita perché avevo capito cosa intendeva dire lo zio Elio quando mi parlava dell'importanza di avere una casa. Infatti cominciai a provare il ristoro di tornare affaticato dal lavoro e sdraiarmi sui cuscini delle Antille a sentire rumori scendere dall'alto e il pulsare della città scorrere al di là della porta. Avvertivo il piacere mai assaporato di migliorare il mio rifugio, di disporre le cose in un modo che per me avessero un significato, conoscere cosí nuove sensazioni e poterle raccontare a Nova al riparo degli sguardi del mondo, sentire le sue risate e aspettare felice che le tornasse il respiro. In quei giorni, spesso salivo a piedi fino al Belvedere e guardavo dall'alto la città, vedevo quell'enorme distesa di case, il fumo che le inghiottiva, le persone muoversi in fretta, correre e lasciarsi dietro lo sporco, e viste da lassú mi sembravano proprio come i topi che squittivano sotto il mio pavimento. Allora tornavo nel garage, sotto cinque piani ad aspettare Nova, e riordinavo la mia vita, gli oggetti che mi ero portato dal salotto di mia madre e i pensieri che provavo pulendo le strade.

Infatti mentre costruivo la mia casa continuavo il mio lavoro all'ARIA e imparavo sempre qualcosa nelle notti, nei pomeriggi e nelle mattine trascorse a spingere i cassonetti sulle compattatrici, a passare la scopa sui selciati, a lucidare i porticati e a far splendere le strade. Eppure non mi sentivo ancora soddisfatto, percepivo che troppe cose mi erano distanti e incomprensibili e la città stessa era sempre una pianura sterminata da conquistare, turno dopo turno, sotto la guida del signor Lupo.

Una mattina, nel capannone dell'ARIA, non appena ebbe assegnato a tutte le coppie il lavoro, il mio istruttore mi indicò il Magirus con il cassone rosso e disse: – Oggi facciamo il giro della differenziata, – e cosí imparai come si svuotavano i contenitori per l'alluminio e la plastica, come si alzano con la benna e si slaccia il tirante, affinché il fondo si spalanchi e la roba raccolta caschi dietro il camion con un rumore tremendo di campane stonate. Poi tornammo al capannone e prendemmo il Magirus verde per fare lo stesso giro e scaricare i cassoni del vetro che nello svuotarsi stridevano talmente forte da sembrare l'urlo di un mostro. Infine fu la volta del Magirus azzurro per raccogliere la carta, e questo fu il giro piú lungo perché il signor Lupo preparò la benna per sollevare il primo cassone e mi disse: – Stramonio, io vado a pesca, tu fai attenzione alla carta, – e quando sganciò il tirante ascoltai picchiare sul camion un tonfo sordo e potente come il cazzotto di un gigante, e ancora non avevo finito di ascoltare che già lui si era arrampicato sul cassone e aveva affondato le mani nella carta cercando qualcosa, e raspava, e grattava finché fece un grugnito strano, come se il pugno questa volta l'avesse preso lui: in piedi, dritto su quella montagna teneva con una mano un libro e con il palmo dell'altra ne stava pulendo la copertina, con un movimento prima deciso e poi sempre piú dolce fino a diventare quasi una carezza. Quindi lo aprí, lo richiuse e infine lo lisciò come se volesse consolarlo. – Guarda, – mi disse appena fu sceso, – hanno buttato via *L'isola del tesoro*, – e il modo in cui lo disse era lo stesso di quando si parla con rispetto di una persona appena morta, e intanto scuoteva la testa e ripeteva – Capisci? Hanno buttato via *L'isola del tesoro* –. Dopo pochi istanti riprese il suo vigore e con un sorriso aperto sulle labbra disse: – Meno male che c'è chi va a pesca! – quindi montò in cabina per rimettere in moto il camion.

Il giro della differenziata finiva nel centro di raccolta dell'ARIA da dove, una volta selezionati, i materiali venivano spediti alle aziende di riciclaggio per cui, prima di ogni spedizione, era necessario pesare il carico al Pozzo alle Catene, la grande discarica. Ci si arrivava dalla strada, giú in discesa fino al cancello, e poi si portava il camion sopra la piattaforma d'acciaio, per il tempo occorrente al rilascio dei documenti. Durante tutta questa operazione il signor Lupo se ne stava a guardare l'enorme sagoma nera del nuovo inceneritore che sovrastava la discarica. Secondo quanto sbandieravano i giornali e l'Ingegnere, quel mostro di cemento si sarebbe presto ingoiato il pattume di tutta la zona, e avrebbe reso la nostra vita agevole e pulita. Compiuto questo primo dovere, il colosso avrebbe quindi partorito altri quattro nuovi inceneritori sparsi in tutta la regione che avrebbero bruciato immondizia e sollevato tutti dal problema di come nascondere i propri rifiuti, di come far sparire altre montagne di schifezza come il Pozzo alle Catene. Tutto in cenere: spazzatura, angosce e sensi di colpa. Per questo l'Ingegnere sorrideva ogni volta si nominasse l'inceneritore, e lo stesso sorriso addolciva la bocca dei funzionari regionali, accomunava sindaci, assessori e presidenti vari di banche e comprensori, consiglieri e segretari di partito, tutti felici all'idea di quel nuovo, enorme gioiello mangiapattume.

Il signor Lupo no, lui se ne stava là, accanto alla bilancia della discarica a guardarlo, il sigaro in mano e sulla bocca un'espressione tra il dolore e lo schifo. – L'unica cosa che brucerà quel torracchione sono i soldi della gente, e dopo averci riempito i polmoni di schifezze ci toccherà pagare un'altra volta per togliere di mezzo quel mostro, – mi disse indicando la sagoma dell'inceneritore. E quando già eravamo saliti sul Magirus e aveva messo in moto, come se si fosse ricordato di qualcosa, si girò di nuovo verso l'ombra scura e disse: – Io venivo ogni giorno a guardare il torracchione di vetro e cemento, chiedendomi dove, in che cantone, in che angolo inserire un tubo flessibile per farci affluire il metano, tanto metano da saturare tutto, miscelato fra il sei e il sedici per cento, tanto ce ne vuole a fare il grisú per farlo saltare, – e alla mia aria interrogativa per quella frase tanto sibillina, aprí il cruscotto e lanciò verso di me un libro malconcio, con la copertina mezza rotta e sporca. – È *La vita agra* di Bianciardi, leggilo cosí impari qualcosa –. Poi mentre risalivamo dalla discarica, in mezzo alle montagne del Pozzo alle Catene, mi vide mentre sbirciavo tra le pagine. – Trattalo bene, – mi disse deciso, – hanno buttato anche lui nella carta straccia.

Imparavo giorno dopo giorno e spostavo i cassonetti, guardavo nei cestini, esaminavo le tracce lasciate dalla gente, raccoglievo contento il frutto della pesca che ora facevo con il signor Lupo e passavo con i nostri grossi camion colorati per le strade della città a svuotare i contenitori pieni di scarti, le parole dei libri dimenticati, i romanzi che pure avevano fatto ridere e piangere chi li aveva letti e di cui qualcuno si era sbarazzato senza pietà. Intere raccolte di fotografie, e carte colorate ottime per tappezzare la mia casa, mucchi di testi scolastici con annotazioni di studenti, come fossero graffiti di carcerati obbligati a scontare la pena della geografia o della storia. Spesso indugiavamo a commentare un titolo o a rileggere una notizia rispuntata all'improvviso da un giornale, e mentre noi stavamo sul cassone a esercitare un po' di rispetto contro l'ingiustizia di quelle eliminazioni, qualcuno strombazzava dietro al Magirus che bloccava la strada, e reclamava l'urgenza di passare. – Un attimo di pazienza, – diceva allora il signor Lupo, in piedi sulla montagna di carta, – ho appena recuperato una bella edizione del *Dizionario* di Voltaire! – e all'inviperito autista che minacciava e inveiva rispondeva ironico: – Abbia pazienza, signore, stiamo cercando di salvare il salvabile. Piuttosto, vuole fermarsi con noi a leggere qualcosa? Lei conosce Voltaire?

Ero orgoglioso della nostra pesca, mi sembrava di salvare delle vite come un medico al pronto soccorso, e quindi non mi importava nulla delle minacce e delle maledizioni perché mi accorgevo di imparare ogni giorno qualcosa, e anche se la gente urlava e agitava i pugni verso il camion, mi sentivo felice di raccogliere gli scarti del mondo.

Una mattina stavamo rientrando dal turno di pulizia con la scopa quando, all'angolo della Piazza Grande, dove inizia il vicolo che porta giú al fiume, un uomo uscí dall'auto parcheggiata proprio sul bordo della curva. Il signor Lupo allora accostò e con gentilezza disse all'autista: – Per cortesia la sposti, perché se dobbiamo passare col camion potremmo avere dei problemi, – ma quello neanche gli rispose, e siccome il mio istruttore insisteva, con fare irritato staccò un momento l'orecchio dal telefono portatile e disse senza mezze misure: – Senta, non è mica un vigile lei! Cerchi di non rompere le scatole che di lí ci passa anche un aeroplano.

Il signor Lupo non reagí. Guardò l'auto posteggiata male, quindi l'autista che aveva ripreso a telefonare e infine guardò ancora una volta l'auto sulla curva. Poi si rivolse a me e disse: – Stramonio, fai attenzione, perché forse oggi impareremo entrambi qualcosa. Ti sembra che un Magirus di lí riesca a passare? – Io esaminai per qualche secondo la strada e gli risposi: – Non sono del tutto sicuro, signore, ma credo proprio di no –. Allora il mio istruttore disse che per rispetto a chi aveva parcheggiato e per verificare la nostra impressione sarebbe stato opportuno applicare il metodo galileano. – Ricorda, – precisò, – bisogna sempre provare a stabilire la verità, – quindi rientrammo subito all'ARIA, lasciammo il camioncino, salimmo sul Magirus con la benna e infine tornammo alla piazza.

– Guarda dal tuo finestrino, mentre io provo la manovra, – disse il signor Lupo e fece salire i giri del motore. Poi cominciò a sterzare verso il vicolo mentre urlava: – Ci passiamo Stramonio? – e già il bordo del Magirus strisciava contro il fianco dell'auto e io rispondevo: – Non mi pare, signore –. L'autocarro allora allargò di piú il raggio della curva e ritentò altre volte, ma non appena giungeva all'imbocco del vicolo rigava l'auto e il signor Lupo ripeteva: – Ora vediamo se riusciamo a passare –. Cosí, provando e riprovando quella manovra, il camion dell'ARIA andava avanti e indietro per entrare nel vicolo dalla piazza e alla fine si incastrò del tutto nell'auto parcheggiata tirandola sotto alle ruote, mentre il signor Lupo ripeteva ancora: – Ora vediamo se possiamo passare, – e la gente faceva capannello guardando in silenzio l'enorme Magirus che a ogni passaggio demoliva sempre piú quella macchinetta, finché il mio istruttore fermò il motore e scese, osservò quell'ammasso di lamiere contorte e disse: – Credo proprio che avessimo ragione noi. Di qui non si poteva passare –. Quindi andò alla pulsantiera, manovrò la benna su quei rottami, li agganciò e li buttò sul cassone. – È nostro dovere tener pulita la città, – fece rivolto agli spettatori, infine rimise in moto e imboccò senza problemi il vicolo. – Gran cosa il metodo sperimentale, – concluse sorridendomi, e ce ne tornammo all'ARIA.

Festeggiare

Ogni venerdí pomeriggio bisognava pulire la piazza del mercato e allora, come un esercito che si preparasse a un'azione militare, dal cortile dell'ARIA si muoveva uno spiegamento di mezzi per rimuovere l'immondizia della mattina: spazzolatrici, autopompe, compattatrici e carretti. Tutti in fila e in piú squadre partivamo alla volta del fronte.

Arrivati sul posto ci mettevamo in linea, come un manipolo di fanti, e mentre noi della prima squadra attaccavamo da un lato, la seconda veniva verso di noi cominciando dall'altro. Con le scope di saggina e tanta forza di braccia ripulivamo l'enorme spiazzo dalle schifezze abbandonate durante il mercato. Io stavo sempre in mezzo, con Nanna e Elvis accanto, il signor Lupo e Quindici sui lati e Notte sulla spazzolatrice a spruzzare l'acqua e a risucchiare il pattume. Voi non ci credereste, ma era bello vedere tutta quella gente avanzare come in una battaglia e lasciare dietro di sé il pulito, proprio il contrario di come si fa di solito in guerra, dove si procede in linea come facevamo noi, ma dietro si lasciano solo mucchi di morti. Inoltre la quantità di roba che raccoglievamo era impressionante: come fosse stato un picnic gigante o una gran festa di compleanno c'erano quintali di avanzi di verdura, migliaia di lattine e bottiglie e carta, tanta carta. Quando il signor Notte arrivava, poco prima di salire sulla spazzolatrice, dava sempre un'occhiata in giro e raccoglieva un carciofo schiacciato o una mela mezza marcia con un'aria sconsolata: – Quanta roba non mangiata, – diceva con lo sguardo un po' perso. Davvero era cosí, e i piccioni ne sanno qualcosa, sono i migliori spazzini e arrivano al mercato ancora prima delle truppe dell'ARIA, a beccare quello che si può ancora beccare.

Anche il lunedí era una giornata campale, perché bisognava ripulire alternativamente lo stadio di calcio o il palazzetto dello sport, dove la gente andava a vedere le partite di football o di pallacanestro e si lasciava dietro quintali di rifiuti. Dalle tribune si faceva un po' come nella piazza del mercato: partendo a squadre dall'alto si scendeva verso il campo spazzando lo sporco e siccome lí non potevano entrare le macchine, la raccolta andava fatta tutta a mano, con le scope e le pale. Allora, avreste dovuto vedere le montagne di roba che dovevamo portar via, e davvero vi sareste chiesti come era stato possibile vomitare quell'ammasso di rifiuti. Forse dovreste essere voi piccioni a raccontare, voi che vedete questo mondo dall'alto e avete uno sguardo piú ampio della vista da scemi degli uomini, ci potreste aiutare e dirci come vedete le cose, perché io che ho pulito gli stadi, le piazze e le strade, non riesco ancora a capire quel clima di festa a cui sembriamo abituati, i quintali di razzi, di stelle filanti, di gelati e lattine, carte, giornali e ogni altra cosa gettata, perché ogni momento sembra un'occasione felice, ogni scusa sembra importante per far confusione, passare sopra alle cose senza pensare, prendere quello che ci serve e poi vomitare gli scarti per terra. Tutto sembra una gran festa, eppure alla fine sento un odore di guerra.

Ascoltate: un giorno arrivò al porto l'emiro di Omas, con il suo yacht enorme come una nave, e venne ricevuto con tutti gli onori, come si conviene al suo rango. Il suo Ambasciatore disse che prima di ripartire sua eccellenza avrebbe offerto una festa di ringraziamento alla cittadinanza. Fu sgombrata l'antica piazza del mercato e montato il palco per l'orchestra reale, e le poltroncine, e dall'altra parte, verso il fiume, fu attrezzato un tavolo gigante per un rinfresco, con dolci e bevande di quel paese lontano. Noi dell'ARIA lavorammo sodo per tirare a lucido la piazza e fare in modo che l'ospitalità fosse perfetta. La sera del ricevimento, la banda reale cominciò a suonare la stessa musica che suonano le bande di ogni paese del mondo, e al tavolo i camerieri in divisa iniziarono a riempire i vassoi con dolci esotici e bicchieri di strane bevande.

Tutto stava andando per il meglio, la musica scivolava tranquilla, con le autorità schierate in prima fila, come si usa. Piú in dietro, la gente che a poco a poco arrivava, ascoltava l'orchestra e timidamente si accostava al buffet. Ora, gli orientali sono persone generose, e questi erano anche ricchi per via del petrolio che nel loro paese hanno in quantità industriali, quindi vollero essere cortesi e a chi si avvicinava per curiosare, offrivano pacchetti di biscotti tradizionali, datteri e miele. Poca cosa, ma un gesto gentile e ben educato. Io non so cosa accadde, se fu quell'aria di festa, o soltanto l'ingordigia per qualcosa che era in omaggio, ma ben presto la gente aumentò creando un inizio di ressa davanti al buffet. Poi qualcuno cominciò a prendere dal tavolo intere scatole di biscotti, vassoi di dolci e venne imitato da altri, per non esser da meno, per sfizio o per poco controllo. Fu una cosa repentina, come un temporale estivo: da ogni parte sbucarono nonne con nipoti, mamme, mariti, e pur se erano vestiti bene e non lasciavano scorgere denutrizione o indigenza, si catapultavano sui poveri camerieri strappando loro la roba di mano e correndo eccitati verso altri parenti, dividendo il bottino, assaggiando questo e quello, e spesso sputando per terra il marzapane, i datteri e i dolci speziati, sapori un po' troppo decisi, inadatti a palati mediterranei. I camerieri si spaventarono per quell'assalto inaspettato, e per evitare danni peggiori a loro stessi e alle attrezzature, cominciarono a lanciare le scatole di dolci nella calca, alle signore di mezza età che sgomitavano per un sacchetto di mandorle tostate, agli uomini urlanti che reclamavano un pacco in dono, verso ragazzetti chinati sul selciato della piazza a raccogliere i resti dei biscotti, come se non avessero mai avuto in vita loro la possibilità di mangiare e bere.

Successe inoltre che qualcuno piú intraprendente si organizzò, portando l'auto nei pressi della piazza e, assieme a un parente o un amico, fece la spola tra il buffet e il baule, trasportando pacchi di viveri, creandosi una scorta, quasi fossimo in tempo di carestia o di guerra.

Alla fine i camerieri in divisa si impaurirono per tutta quella ressa e, avendo ormai terminato le scorte, iniziarono a gettare tra la folla i vassoi, i piatti e anche i bicchieri, e dopo i fiori, i vasi dei fiori e i centrini di seta, e qualcuno addirittura si tolse anche la giacca con le mostrine e gettò anche quella verso le braccia allungate e poi, mezzi spogliati, se ne tornarono sulla nave, ad aspettare l'emiro per salpare.

Noi della seconda squadra assistemmo all'assalto senza far parola, seduti sul muretto della loggia. Guardammo in silenzio la gente correre con le mani piene di dolci, e le scatole di biscotti rompersi, sbriciolarsi nella lotta tra distinti signori, cadere sul selciato della piazza e impastarsi con il miele e i datteri, volgemmo lo sguardo verso le urla delle madri che spronavano i figli, e li vedemmo masticare la roba predata senza nessun pudore, contenti ed eccitati per quella conquista; e mentre assistevamo a questo spettacolo ci accorgemmo che dall'altra parte della piazza, verso il fiume, il signor Edmir, con Bletar, Maze e i loro bambini stavano immobili, stupiti come noi, osservando la ressa delle persone impegnate a conquistare biscotti, ma nessuno di loro mosse una mano, nessuno tentò di lottare, di mettersi in mezzo alla mischia per avere qualcosa in regalo.

Il concerto nel frattempo era terminato, le autorità erano entrate nel Palazzo dei Duchi a cenare, e sulla piazza del mercato, proprio come dopo una battaglia, si aggiravano sperdute poche persone, spigolando qua e là una galletta, tentando di recuperare un vassoio, raccogliendo un bicchiere. Sul selciato rimase una poltiglia, un impasto infame di datteri e biscotti, tutto quello che la gente aveva prima accaparrato, poi assaggiato e infine sputato o abbandonato perché non di suo gusto. Una crosta che noi, gli spazzini, fummo costretti ad ammorbidire con spruzzi di acqua, a scalzare dal porfido con la Decker, con il duro lavoro di tutta la notte; e non fu duro soltanto per la fatica, ma per un'impressione sorda, come di qualcosa di storto, qualcosa di molto spiacevole che neanche la potenza della pompa sarebbe riuscita a lavare. Solo voi ci teneste compagnia, voi piccioni che ci guardavate immobili da sopra il Palazzo, e a tarda ora, quando ormai la piazza fu lucida e l'odore dolce dei datteri svaní, dalla parte del fiume vedemmo la gente di Edmir che se ne andava verso lo stradone e la discarica abusiva, senza neanche una scatola di biscotti in mano.

Ecco, quella volta tornando a casa mi sembrò che far pulizia alla città fosse un po' come lavarle i peccati, fosse un fardello gravoso da portare, perché steso sui cuscini colorati delle Antille e nel silenzio che c'era di notte sotto i cinque piani, potevo sentire chiaramente il peso di quel continuo nettàre, qualcosa che assumevo fin dentro al mio corpo, conoscevo, ma non riuscivo a buttare. Perciò sentii di non avere piú la leggerezza delle altre persone, e che l'indomani non sarei stato capace di ripassare dalla piazza del mercato pulita senza sentire l'odore dei biscotti e del miele, e avere come un carico sopra le spalle: mi sarei seduto sotto il porticato a guardar la gente, la stessa gente che poche ore prima aveva lordato se stessa per avere un biscotto da sgranocchiare, senza bisogno di avere il biscotto che poi aveva buttato. La stessa gente che entrava e usciva affannata dal centro commerciale là davanti, e con le borse piene di merce di cui probabilmente non aveva bisogno, cose che prima o poi avrebbe gettato.

Cosí, da quel giorno, la mattina mi alzavo e andavo fin sopra il Belvedere, mi sedevo sul muretto e guardavo la città in silenzio, e mi sembrava un grande Luna Park dove tutti giravano da una giostra all'altra senza fermarsi, e si lasciavano dietro una scia di rumori, di grida, di odori. Restavo per ore a guardare e buttavo fuori fino in fondo l'aria dai polmoni per cercar di sopportare il peso di tutti quei rifiuti, e poi tornavo a casa, disteso sui cuscini colorati delle Antille, ad ascoltare la vita sotto i cinque piani.

Qualche settimana dopo, io e il signor Lupo eravamo sullo stradone, a pulire coi decespugliatori i marciapiedi che dal ponte scendevano fino davanti all'incrocio. Era una bella giornata, c'era sole ed era persino caldo, anche se era quasi dicembre. – Vedi, – mi disse il mio istruttore, – le macchine fanno un salto prima del ponte: sono sette centimetri buoni, e poi c'è una buca. Rischiano gomme e sospensioni. Tu sai dirmi perché tutto questo? – e io risposi: – Non saprei, signore, può darsi un contrattempo?

– Le spese congressuali, Stramonio, le moquette nelle segreterie dei partiti, stipendi a funzionari e altre amenità varie, – urlò il signor Lupo coprendo il rumore stridente dell'attrezzo. – Ci sono voluti undici anni per costruire la strada, con rialzi sulla base d'asta, adeguamenti e via dicendo, perciò alla fine di tutto il prezzo dell'opera è piú che triplicato, – continuò gridando. – Il comune ha approvato, poi la regione ha bloccato tutto per questioni di impatto ambientale. Quindi corsi, ricorsi, appalti e subappalti e intanto, come una torta, gli anni hanno fatto lievitare i prezzi e quando si è aperto il forno, di roba ce n'è stata un po' per tutti. Ognuno ha avuto una piccola parte, un sovrapprezzo giustificato con l'iter burocratico, con i ritardi; e anche Paolini, quello degli asfalti, anche lui ha avuto il suo bel tornaconto e ha alzato tranquillo il prezzo dei lavori per far rientrare le spese esagerate.

– Ma i sette centimetri, signore, perché è rimasto quello sbalzo? – chiesi io con la stessa forza di voce. – Un po' perché la strada si è scocciata di star dieci anni in attesa del suo ponte e quindi a forza di aspettare si è seduta, cosicché il ponte, nuovo e gagliardo, ha quel bel saltino di raccordo. Poi perché il materiale non è certo del migliore: con quel che gli costa a Paolini l'appalto, mica puoi pensare che ci metta l'asfalto puro o il cemento buono? E poi, se ci pensi bene, perché a un mucchio di persone va bene cosí: le auto si rompono, la strada si guasta, la gente reclama e alla fine bisogna rimetterci sopra altri soldi per riparare e il giro continua, ti è chiaro il concetto?

Ecco come stavano le cose sullo stradone, mentre passavamo le ore a togliere le erbacce dove poco piú avanti, al semaforo del centro commerciale, Bletar e la sua piccola figlia chiedevano l'elemosina ai passanti. Bletar veniva dal Montenegro, appena al di là dal mare, ma da quelle parti sparano e lui laggiú non ci voleva stare. Del resto qui da noi c'è roba per tutti, diceva, persino troppa, visto che ne buttiamo a montagne, e c'è anche pace, e nessuno ti sta a sparare perché abiti dall'altra sponda del fiume, appena dietro al confine.

Quel giorno stavano là, come sempre, lui e Zylima, a chiedere qualcosa, perché al semaforo il transito è molto e i commerci sono meglio qui che in Montenegro. Da in fondo allo stradone arrivavano le auto di quelli che vengono in città per lavorare o per fare la spesa al centro commerciale. Se la luce è rossa si fermano e stanno a guardare gli zingari che chiedono qualcosa: c'è chi da un soldo, chi non dà niente, chi invece lascia qualche pacco di roba smessa, buona ancora per vestire, e c'è anche chi inveisce dicendo: – Vagabondi, se siete nomadi viaggiate, andate e non restate.

Quel pomeriggio il traffico era buono e dallo stradone scendeva molta gente. Una macchina bianca arrivò sparata, una macchina normale, come ce n'è tante, di quelle che compri a rate, il primo anno senza gli interessi. Al semaforo rosso si fermò un momento, dalla parte della bimba, appena il tempo per aprire la portiera e posare per terra un pacchetto azzurro, con un fiocco colorato messo in cima. Poi ripartí tranquilla, svoltando verso il centro commerciale. Ancora non era passato un minuto, che già Zylima aveva in mano il pacchetto, la sua curiosità bambina non la fece aspettare, e poi quei colori belli e la scritta sopra che diceva «Barbie». Fu come si vede nei film, come nei cartoni animati: una fiammata salí alta un metro e Zylima fece un balzo indietro. Quasi fosse di gomma rimbalzava mentre intorno tutte le cose fischiavano e il vento arrivava rotolando fino a noi, cinquanta metri distante. E dopo quel fischio arrivò una pace che durò a lungo, cosí a lungo come capita solo nei sogni, ma quelli brutti.

Bletar era rimasto immobile all'incrocio, il signor Lupo invece urlava come un matto e correva, gridava levandosi i guanti e il casco protettivo. Cosí il primo a dare aiuto fu lui, cercando di fermare il sangue sulla faccia di Zylima, sulle mani, sul torace pizzicati dal fuoco e dai chiodi che il generoso donatore aveva messo dentro al regalo. La accarezzava, le diceva: – Stai tranquilla, – e le passava sulla fronte quelle sue mani grosse e intanto ripeteva: – Zylima, non piangere, che poi ti fanno male gli occhi, – quegli stessi occhi che invece aveva rossi di sangue e fissi a guardare il cielo. Allora anch'io alzai lo sguardo e vidi che il cielo era azzurro e chiaro, senza neanche lo sgarbo di una nube, e mentre lo guardavo intorno a me sentivo Zylima piangere e Bletar disperarsi nella sua lingua strana, e pensai che guardando in alto come stavo facendo io, la città era sparita, era sparito l'incrocio e anche le macchine comperate a rate e il cielo era proprio lo stesso, uguale a quello che gli occhi di Zylima avevano guardato in Montenegro.

Ecco come andavano le cose sullo stradone, da dove la gente scendeva in città con le auto veloci, andando avanti e indietro a lavorare, a vendere, a comprare e buttare quello che non gli serviva, quello di troppo, ingombrante, perché produrre è una giostra seria, dove se ti fermi un attimo sei proprio perduto, non come i nomadi che stanno fissi ai semafori a chieder qualcosa. L'odore che c'era quel pomeriggio sulla strada era di polvere da sparo e di carne bruciata, era proprio l'odore di guerra, anche se non era stata dichiarata, e allora pensai che il signor Lupo aveva avuto ragione quando mi aveva detto di fare attenzione alle tracce e osservare tutto per bene come facevano gli indiani, perché, anche se non c'era Custer con la cavalleria a sparare, Edmir e Bletar e tutta la sua gente prima o poi se ne sarebbero andati per sempre, in qualche modo sarebbero spariti tra lo stradone, la discarica e il semaforo, quello da dove si gira per andare al centro commerciale.

Quel giorno non riuscimmo a finir di pulire tutte le aiuole e il camioncino della manutenzione giardini arrivò alla discarica mezzo vuoto. Rovesciammo sopra il Pozzo alle Catene poca roba e mi sembrò che tutto ci fosse rimasto dentro, come incollato col cemento. Il signor Lupo se ne stava in silenzio con le mani in tasca e i capelli al vento, dritto in cima al monte di sporcizia a fumare. Guardava verso l'inceneritore, verso l'ombra scura di quel mostro, e per la prima volta vidi che piangeva, senza far rumore, senza dir niente. Dagli occhi stretti come due fessure, a poco a poco gli scendevano sulla barba gocce lucide e grosse come noci. Fu allora che grazie al mio maestro mi accorsi di una cosa: in quel poco di pelle che vedevo sotto i suoi occhi, in quel piccolo tratto rugoso e impolverato per il lavoro che avevamo appena fatto, le lacrime passavano in silenzio, senza far fracasso come la Decker, senza raspare come la scopa di saggina, eppure pulivano lo sporco, lisciavano la pelle di quell'uomo e per la prima volta cominciai a pensare che piangere per noi spazzini fosse un dovere, come dar bene di polso sopra la ramazza, o fare attenzione alla roba nei cestini. Cosí cercai di sentire dentro di me se piano piano stesse salendo qualcosa, se quel cemento pesante che sentivo in fondo si stesse sciogliendo e arrivasse finalmente il pianto, ma tutto rimase immobile.

In cima al Pozzo alle Catene, io e il signor Lupo non ci dicemmo niente. In piedi, sulla spazzatura del mondo, guardammo l'ombra del torracchione in costruzione, e dietro all'ombra il fumo della città che saliva sporcando il cielo, sopra all'orizzonte e le case piene di gente. Restammo cosí, lui continuando a fumare e io cercando di piangere, senza riuscirlo a fare.

Amare

Il tempo passava veloce. L'inverno era ormai alle porte e la città cambiava aspetto per la pioggia, il freddo e il vento. Anche il mio lavoro risentiva della brutta stagione e le cose si complicavano: non crediate che sia semplice girare per le strade allagate dalla pioggia, cercare di togliere dal terreno bagnato la sporcizia di ogni giorno, spazzare le cartacce sollevate dal libeccio. D'inverno spesso tutto si riduce a una poltiglia immonda, un impasto infame di terra, polvere, lordura e usare la scopa diventa una fatica tremenda. Compare un senso di frustrazione per non poter vedere un risultato decente nel tuo lavoro, perché neppure hai finito di passare la spazzolatrice che già le scarpe dei passanti hanno riportato il fango sulla strada e non riuscirai piú a far splendere il selciato dell'isola pedonale come quando il tempo è buono. Anche il giro dei cassonetti diventa meno piacevole, per la pioggia che casca e gli schizzi delle auto di passaggio, e persino se ti copri con le mantelle fosforescenti dell'ARIA puoi star certo che quando arriverai a casa avrai un bel da fare per tornare asciutto e caldo.

Ad ogni modo, questa era la mia vita e ormai mi sembrava di tenerla in mano saldamente, e il freddo dell'inverno non mi dispiaceva troppo perché rientrare a casa dopo il lavoro era davvero una cosa speciale. In particolare amavo ritornare dopo il turno di notte, quando la nottata era stata dura, piena di vento e pioggia da burrasca. Smontavo dalla compattatrice con le braccia indolenzite e gli occhi pesanti nonostante il caffè di Pino, e mi ritrovavo sotto il capannone con i colleghi della squadra per timbrare, toglierci le mantelle bagnate e maledire il mondo per la fatica del lavoro. Eravamo soldati appena tornati dal fronte e ogni volta avevamo qualcosa da raccontare, con Elvis che imprecava perché il ciuffo sotto la pioggia gli si era sgonfiato e Nanna che dormiva anche se aveva gli occhi aperti e si appoggiava al muro ad ascoltare i colleghi. Infine c'erano i saluti e gli arrivederci alla prossima notte, ognuno con il proprio modo di salutare, ognuno con una sua propria frase e un gesto, sempre lo stesso, ma tutti con una specie di complicità nostra, speciale.

Poi mi avviavo verso casa, un breve tratto a piedi nella città ancora mezza addormentata, ancora buia perché d'inverno la luce viene tardi e in me avevo un appagamento strano dovuto alla stanchezza, alla faccia bagnata, al respiro che entrava e usciva dai polmoni e buttava vita fresca dentro, e mi lavava. Girare la chiave del mio garage era l'ultimo piacere perché subito dopo sentivo l'aria calda addosso e riconoscevo l'odore di quel posto. Un odore particolare, cioè il mio: un miscuglio del Sud-

America dello zio Elio, l'alone del profumo che usavo, l'afrore della carta vecchia dei libri frutto della pesca, una traccia di cibo, e in fondo, lontano, ma per me distinto, il segno lasciato da Nova.

Nova era comunque dentro quella casa, non solo perché mi aveva aiutato a darle forma, ma perché spesso mi portava un oggetto nuovo, mi dava un consiglio, e tornando dal supermercato dove lavorava, si fermava da me qualche minuto, a prendere un caffè e a chiacchierare.

Nova era grossa, questo l'ho già detto, confronto a me era un gigante, cosí era buffo vederci accanto e forse per questo non uscivamo quasi mai insieme. Arrivava stanca dal lavoro e si sdraiava sul letto per parlare, e su quel materasso vecchio sprofondava di un bel pezzo col suo peso. Un giorno, mentre fuori pioveva forte, lei se n'era appena andata e aveva lasciato nell'aria il suo profumo e sul materasso una buca, un'impronta grossa come un cratere. Allora, sarà stata la stanchezza o il tempo triste o il fatto che a tutti c'è un giorno in cui la vita pesa piú di un altro, ma io ero davanti a quel letto e vidi l'impronta che lei vi aveva lasciato: era proprio la forma del suo corpo e cosí pensai a lei. Sentivo il suo affetto, sentivo l'amicizia, vedevo attorno a me, dentro la casa, quello che avevamo inventato insieme e all'improvviso mi accorsi che Nova mi mancava, che mi mancava la sua voce, la sua risata, la gentilezza con cui mi aveva sempre trattato e allora, con molta cautela, cercando di non rompere l'incanto, entrai dentro quella cavità del materasso e mi ci rannicchiai, proprio come fanno i piccioni nel nido. Raccolsi dentro di me il calore che la coperta ancora conservava, restando ad ascoltare i rumori del traffico là fuori, l'acqua che cascava, e la vita che dai cinque piani sopra il garage mi pesava come un macigno ma che in quel momento, da quel rifugio dentro il mio rifugio, mi sembrò all'improvviso un po' piú amica.

Forse fu in quel modo che cominciò una specie di amore, anche se io, vi giuro, l'amore non sapevo cos'era. Sapevo raccogliere la spazzatura, avevo imparato a capire il mondo dallo sporco e avrei saputo dirti da un sacchetto chi era felice, chi ricco e chi invece malato. Ma l'amore l'avevo sempre solo sfiorato, come quando copiavo le poesie per Romina, quella che se n'è andata in Inghilterra, e credevo di essere innamorato perché avrei voluto che lei mi avesse voluto bene e in Inghilterra magari ci fosse andata con me e non con Boselli. Però era un'altra cosa, io non lavoravo, non avevo una casa, non capivo i rumori del mondo e ancora ero occupato ad aspettare, cosí non avevo mai provato quel genere di dolore, quel malessere che sentivo non appena Nova se ne andava e io mi adagiavo con cautela dentro la sua impronta, restando ad ascoltare il traffico di fuori e l'acqua cascare. Inoltre, che strano, il dolore si vuole evitare e invece io mi lasciavo cullare dentro quella specie di nido con un vuoto profondo, quasi fosse di fame ed ero felice e confuso, contento e triste, cosí come mai prima di allora mi ero sentito.

Un sabato pomeriggio, con la scusa di fargli vedere la casa appena arredata, decisi di invitare mio zio. Ne fu entusiasta, mi fece grandi complimenti. – Sono orgoglioso di te, – mi disse mentre sprofondava tra i cuscini colorati delle Antille, – hai dimostrato risorse eccezionali, una grande praticità e nello stesso tempo buon gusto.

– Non è tutta farina del mio sacco, – risposi versandogli qualcosa da bere, – a dir la verità mi ha aiutato una persona, – e mentre lo dicevo mi accorgevo che il mio cuore aumentava la corsa e sulle guance mi saliva il fuoco. Lo zio mi guardò in tralice, sorseggiando dal bicchiere: – Cos'è, un architetto? – disse con fare sospetto e io mi affrettai a chiarire: – No, solo una mia cara amica di cui ti vorrei parlare.

– *Cherchez la femme*! – gridò allora trionfante – dovevo intuirlo, la mano di una donna è talmente evidente, – e già era in piedi e girava per la casa. – Solo un occhio femminile poteva usare la seta in quel modo, – disse con tono estasiato indicando i drappi che ornavano i muri, – solo il suo tocco leggero avrebbe potuto trasformare quella cassa sgraziata in un tavolo vero! – e infine tornò sui cuscini, soddisfatto, si piegò verso di me e sottovoce, quasi fosse un segreto che nessuno doveva sentire disse: – E com'è? Come si chiama?

Hanta, io avrei voluto descrivergli Nova e quello che provavo, parlargli di come avevamo arredato la casa, della sua allegria, di tutto il resto. Però avevo dentro un macigno e di fronte ai suoi occhi sgranati, a quell'espressione eccitata di attesa, dissi soltanto: – È alta, grassa e si chiama Nova.

A volte ci vuole piú coraggio per parlare d'amore che per picchiare qualcuno, e con le parole bisogna essere cauti perché sono quelle che agli altri spiegano le cose. Allora bisognerebbe fare attenzione, cosí come ho imparato raccogliendo rifiuti: anche con le parole si può fare immondizia e riempire il mondo di pensieri volgari, discorsi inutili, ragionamenti mozzati, roba da discarica immediata, parola di spazzino. Cosí sarebbe meglio il silenzio, che è piú dignitoso di una risposta usata per riempire uno spazio e sporcare, e anch'io, appena terminai di parlare, mi accorsi di avere sbagliato. Nova era grassa, va bene, ma non lo era nel modo in cui mi ero espresso, insomma non era quella la cosa che mi importava. Piuttosto si trattava di parlare del vuoto che sentivo dentro quando pensavo a lei, quando apriva la porta e mi salutava, e mentre già mio zio era partito in tromba con le sue argomentazioni, io lo interruppi con decisione e dissi: – No zio, scusa, ma forse non mi sono spiegato. Lei si chiama Nova ed è robusta, questo va bene. Però io volevo parlarti d'altro, perché non capisco bene cosa mi succede. È un po' di tempo che quando penso a lei ho un buco in pancia, mi viene una specie di malinconia e sono triste. Allora mi corico sul letto, nell'altra stanza, sul materasso vecchio che tu mi hai regalato, quello morbido, con le piume di Caracas. A volte viene a trovarmi e parliamo, come stiamo facendo io e te adesso, lei se ne sta su quel letto e quando va via ci rimane un buco, come una specie di impronta. Ecco zio, io sto bene solo lí dentro, ma non so come dirglielo, non so come fare, non so neppure se quello che sto dicendo sia una cosa vera o soltanto una mia malattia mentale. Mi puoi aiutare?

Lo zio si alzò lentamente dai cuscini, si venne a sedere dalla mia parte, mi circondò le spalle con un braccio e fissando i ricami della coperta messicana sopra il muro disse: – Mio caro nipote, credo sia ora di parlarti della Rubia Monteiro che ballava il tango alla Recoleta, a Baires, quando andai laggiú per affari. Sapessi, ero poco piú di un ragazzo, proprio come te, e anch'io dell'amore sapevo poco o niente, mentre lei era una donna fatta, aveva un marito, un figlio e un amante –. Lo zio sembrò guardare ancora piú dentro il muro. – Il suo sguardo, nipote, il suo sguardo mi faceva star male come stai male tu ora, lo stesso tuo vuoto e anch'io non sapevo che fare. Oltre tutto ero pure straniero ed ero là per affari, mica avevo tempo da buttare. Ci ho perso le notti dietro lo sguardo della Rubia Monteiro e sono stato mille volte sul punto di andarglielo a dire, di rischiare la faccia, di sfidare il marito. Eppure non sono stato capace, per mille scuse, per la miniera, per questo e per quello, ho finto con me stesso che non fosse importante e poi, come sai, ci ha pensato la vita, ci ha messo le mani, con gli inganni, l'affare andato male e il resto.

– Ma la *saudade* zio? – gli dissi stupito, – non fu quella la causa del tuo ritorno? – e lui continuando a guardare fisso la coperta messicana disse: – Certo, la *saudade* fu nostalgia, fu lo straniarsi, fu il sentirsi solo, ma per me è stata soprattutto il rimpianto per lo sguardo della Rubia Monteiro che non avevo avuto il coraggio di amare, – e allora vidi luccicare i suoi occhi, e lui alzarsi e mettersi di fronte ai miei, stendere le mani sulle mie spalle e dirmi in una supplica gentile: – Nipote mio, l'amore non è mai cosa da rifiutare. Tu fatti coraggio, prendi questa Nova e chiedile che ti riempia il vuoto, dille pure quello che senti e dopo lascia fare, tu non ti preoccupare piú di tanto che la natura sa far maturare le cose, – e mentre diceva cosí io sentivo una nuova sicurezza salirmi dentro e allora sorrisi, perché mi sembrò di capire che non avrei piú rifiutato ma finalmente avrei preso il coraggio a due mani e parlato a Nova, avrei parlato al mio amore.

Era quasi Natale, e la giostra della città era ancora piú pazza, il lavoro sempre piú pesante, con il freddo, la frenesia della festa e la grande quantità di spazzatura che ogni occasione come quella riversa addosso a noi, poveri spazzini. Però ero contento, ero lieve e felice per la mia decisione di parlarle, di dirle del vuoto che mi sentivo dentro e che avrei voluto scacciare con un bacio. Comprai un piccolo abete per casa, e le palline, le stelle filanti, le candele, con l'idea di preparare un albero di Natale insieme a lei, l'indomani.

Nova fu entusiasta, arrivò nel garage con un gran mazzo di peonie, con strisce d'argento per addobbare e assieme tutto questo anche un gran sorriso. Io raccolsi tutto il coraggio che avevo, pensai alle fossette di Romina, alla Rubia Monteiro, pensai alla tristezza dello zio Elio, al suo rifiuto e mentre me ne stavo piegato sull'abete a decorarlo, mi concentrai sui rami per vincere l'emozione e cominciai a parlare all'albero come se quello fosse Nova. – Non so perché, – dissi, – ma io mi sento male ogni volta che ti vedo, anche se mi piace incontrarti. Sento dentro qualcosa che mi spaventa e, credi, non so bene come fare. Ne ho parlato con mio zio Elio, che è stato in Argentina dove ha conosciuto la Rubia Monteiro e mi ha diagnosticato lo stesso disturbo di cui era affetto lui quando la vedeva ballare il tango alla Recoleta: dice che sono innamorato, – e parola dopo parola raccontai tutto a quell'abete, tutta la storia della Rubia e dell'impronta di Nova nella quale mi coricavo ad ascoltare i rumori della vita sotto i cinque piani, gli confessai che solo là mi sentivo bene, dentro il caldo del letto mentre fuori pioveva, i topi squittivano sotto il pavimento e la città schiamazzava oltre la porta.

Díte, vieni qui con Hanta, e aspetta che mi venga il coraggio per raccontarvi il resto, se riesco a vincere il pudore e l'emozione che quel momento mi ricorda. Perché mentre dicevo quelle cose, e disponevo le stelline sull'abete parlando fitto con lui come fosse un mio amico, sentii il respiro di Nova contro la spalla e le sue labbra accanto alla mia guancia. Allora girai lentamente la testa e mi ritrovai con la punta del naso sulla sua e le labbra talmente vicino da non capire se ero io a respirare o lei a soffiarmi dentro il fiato. Cosí ripensai a quello che aveva detto lo zio Elio e lasciai fare alla natura e la forza di gravità mi spinse in basso unendo la mia bocca alla sua per il nostro primo bacio, e baciandola sentii il vuoto dentro farsi ancora piú grande, bruciare come se fosse di fuoco. Perciò la baciai di nuovo e ancora altre cento volte sperando di riempire con la sua bocca la voragine in cui ormai stavo cadendo.

Anche Nova mi baciava, mi accarezzava, intanto si toglieva la camicia e io ascoltavo la voce di mio zio dire: «Lascia fare alla natura» e la natura mi suggerí di togliermi anch'io la maglia, e poi mi tolsi i calzoni quando lei si tolse la gonna, e indumento dopo indumento restammo nudi sopra il materasso di piume di Caracas, lei enorme, calda e sprofondata, io a baciarle il petto e ad accarezzarla. Ma non sapevo niente dell'amore, ed ero emozionato per l'eccitazione e per la sua pelle, per come era morbida, e non so se per dei piccioni sia chiaro, però la situazione era tale da richiedere una decisione. Affondavo dentro di lei come in un cuscino e mi sentivo felice, sentivo il caldo dei nostri corpi che nessun inverno avrebbe potuto raffreddare e il rumore della pioggia battere lontano sulla strada, ascoltavo la gente muoversi sopra i cinque piani, mentre sotto di noi gli squittii dei topi continuavano ad abitare le fogne, e nessuno di loro, nessun topo e nessun inquilino, avrebbe potuto rubare le carezze che Nova mi stava dando o toccare i nostri respiri cosí intrecciati da impedirmi di parlare.

Ma io continuavo a non sapere niente dell'amore, e ancora lasciavo fare alla natura che mi teneva aggrappato al petto di Nova, eppure sentivo la felicità salire senza riuscire a trattenerla e sapevo che avrei dovuto dividerla con lei, però non immaginavo come. Allora dall'ultimo ripiano della libreria mi veniste in aiuto il signor Hrabal e tu, Díte, quando hai fatto l'amore con la signorina Liza. Cosí detti ancora un bacio a Nova e le dissi: – Aspetta un momento, – poi andai allo scaffale e presi *Ho servito il re d'Inghilterra*, lo aprii a pagina 123 e cominciai a leggere ad alta voce: – I miei occhi si posarono sul tavolo, e lí c'era un mazzetto di tulipani primaverili, – e leggendo andai verso il mio tavolo e presi dal vaso le peonie che Nova aveva portato, – e alcuni ramoscelli di abete, come in un sogno strappai i ramoscelli, e li feci a pezzi, – e allo stesso modo andai al mio albero di Natale e strappai due ramoscelli che feci a pezzetti, – e ricoprii il suo sesso con quei ramoscelli di abete –. Cosí mentre leggevo, Nova rideva felice e apriva le gambe e si faceva coprire con quei rametti di abete spezzato, e quando lessi: «Mi chinai e la baciai in mezzo ai ramoscelli», cominciò a ridere e a mugulare cosí che anch'io ridevo e mugulavo, e intanto la baciavo come il signor Hrabal e la natura dicevano di fare, e davvero lei mi stava guardando di sottecchi come succedeva a pagina 123, e anch'io, come il Díte del libro, sentivo gli aghi d'abete pungermi le labbra, mentre lei mi prendeva con tenerezza la testa tra i palmi delle mani e la schiacciava sul suo ventre fino a farmi male. Allora, come nel romanzo, gemetti di dolore nel momento in cui lei lanciò lo stesso grido che aveva lanciato Liza sotto i baci di Díte. Quindi Nova si tirò su e mi disse: – Leggi Stramonio, leggi ancora un pezzo, – e io mi misi disteso e continuai a leggere quello che il signor Hrabal aveva scritto e lei si piegò su di me, e la vedevo strappare i ramoscelli di abete, la vedevo coprire il mio ventre e tutto l'addome finché mi sollevò leggermente e con le mani mi carezzava e mi baciava in mezzo alle gambe, mentre con la lingua aggiustava bene i ramoscelli intorno al mio sesso. Poi lo baciò e allora non mi riuscí piú di continuare a leggere quello che secondo il signor Hrabal avremmo dovuto fare, perché lasciammo che la natura facesse da sola il suo corso e a forza di baci il vuoto che avevo giú in fondo si riempí completamente e alla fine esplose.

Democrazia

Ormai da parecchio tempo lavoravo all'ARIA e i calli sulle mani erano diventati duri, cosí come i muscoli che, non piú indolenziti, finalmente mi lasciavano dormire in pace, senza dolori. I ritmi dei turni si alternavano tranquilli, mattina, pomeriggio e notte, come un orologio puntuale. La mia vita sembrava scorrere bene, tra il lavoro, la casa e l'amore di Nova e in qualche momento io pensai di essere ormai diventato uomo.

Un pomeriggio, mentre me ne andavo con il signor Lupo a fare il giro del lavaggio cassonetti, questo senso di soddisfazione mi prese cosí forte che mi fermai a guardare fisso negli occhi il mio istruttore e con insolita decisione gli dissi: – Non le pare che ormai io abbia imparato, signore? Mi sento come se stessi facendo questo lavoro da sempre, mi sembra di avere in mano la città, le strade, i colleghi e tutto il resto. E anche la gente sa? Credo di aver capito molto della gente, di come vive, i suoi pregi e i suoi difetti. Sono proprio soddisfatto, glielo volevo dire, – ma lui, invece di gioire come io mi aspettavo, dette una spinta piú forte al cassonetto e disse: – La strada della conoscenza è molto lunga Stramonio, non ti far distrarre dal tuo compiacimento. L'uomo libero è sempre insoddisfatto, ti è chiaro il concetto?

No, il concetto non mi era chiaro per niente e anzi, fu come se quella risposta avesse rotto un mio oggetto prezioso. Cosí, credo per la prima volta, provai la voglia irrefrenabile di sapere di lui qualcosa di strettamente personale, e mentre la lavatrice ingoiava nella pancia il cassonetto, alzai la voce nel gran fracasso e gli domandai: – Signore, mi dica, ma lei è sempre insoddisfatto? – e siccome lui non mi guardava e continuava a muovere le leve della macchina lavatrice come se niente fosse, alzai ancor piú la voce e gli dissi: – Signore, lei ha una vita da uomo indipendente, è rispettato dalla squadra e dagli altri, ha una figlia che le vuole bene, e ha il suo lavoro, pulire la sporcizia del mondo, che come mi ha insegnato è uno dei lavori piú nobili dell'uomo. Allora io le domando: lei è sempre insoddisfatto? – ma ancora non rispondeva, e smanettava sulle manopole del lavacassonetti in mezzo a quel gran rumore e allora la mia voce diventò un urlo: – Lei è insoddisfatto, signore? E se lo è, può gentilmente dirmene il motivo?

Finalmente il signor Lupo si voltò, proprio mentre il cassonetto stava uscendo dalla macchina e gridò verso di me: – Sí che sono insoddisfatto Stramonio, porca miseria ladra, perché io sono felice di lavare il culo al mondo tutti i giorni e anzi, ne sono fiero, e glielo lavo con la mia dignità, che è la cosa piú grande che ho, piú grande anche di mia figlia che pesa quello che pesa. Anche di mia figlia! – e mentre urlava queste cose dava dei colpi tremendi sulla leva della presa e cosí il cassonetto si alzava, si abbassava, e ondeggiava quasi come una bandiera al vento mentre il motore della lavatrice sibilava. Per questo il signor Lupo alzò ancora di piú la voce superando il baccano. – Ed è proprio per la mia dignità che non sono contento, perché il culo alla gente io non vorrei pulirlo soltanto perché se lo facciano lavorare per benino. Ti è chiaro il concetto? – ma a me il concetto non era molto chiaro, o per lo meno, pensavo vagamente di intuire cosa intendesse e allora gli risposi di rimando: – Credo di sí, ma ascolti, piú che stare nella nostra posizione, vivere del nostro lavoro e non mischiarci piú di tanto alla spazzatura, non credo che possiamo fare altro.

E fu qui che il signor Lupo si arrabbiò davvero perché ricominciò a menare colpi sulla manopola come un matto e mentre il cassonetto andava su e giú, gemeva e dondolava, lui prese ad urlare ancora piú forte: – Ma una speranza, porco di un mondo cane, la posso avere almeno una speranza? Persino il tuo Hrabal dice che si vive per questo, persino il tuo Hrabal cecoslovacco parla di volontà, di anelito e di speranza e io voglio e spero e bramo di vedere almeno uno dei responsabili della sporcizia schifosa del mondo finirci dentro, uno solo, porca miseria ladra zozza, – e urlando abbassava e alzava la leva della macchina in continuazione. – Persino il tuo Hrabal lo dice: «Vogliate e sperate», – mentre per i colpi il cassonetto era ormai mezzo scivolato dalla presa e, incastrato tra la ganascia e lo sportello, strideva e sbatteva penosamente, – e allora finché non vedrò un general manager, finché non vedrò un industriale globale, o un ministro della rivoluzione, o un direttore di palinsesti, o anche soltanto uno dei papaveri che si stanno mangiando i soldi di quel torracchione di inceneritore, almeno fino allora io mi dichiarerò insoddisfatto. Ora ti è chiaro il concetto? – Ma io, a quel punto, piú che cercare di seguire il concetto, stavo fissando con preoccupazione il cassonetto ridotto ad un ammasso di lamiere contorte, incastrate di traverso all'imboccatura della lavatrice. Anche il signor Lupo dovette accorgersi del mio sguardo preoccupato perché si voltò e, come se tutto fosse normale, tolse le mani dalla leva della presa e mi disse: – Forza, invece di startene lí come un salame vedi di darmi una mano a tirare via 'sta roba da là sopra.

Cosí, non senza difficoltà, passammo una buona mezzora a levare i pezzi del cassonetto dalla macchina, e durante quel lavoro restammo quasi in silenzio, ognuno concentrato sui movimenti, rivolgendoci la parola solo per darci qualche consiglio su come disincastrare dalla lavatrice i resti maciullati. Senza parlare terminammo il turno, ma quando fummo rientrati all'ARIA e io mestamente mi stavo avviando all'uscita, il signor Lupo mi richiamò e mi disse: – Tu dici di conoscere la gente, senti di tenere tutto nelle mani e ti sembra anche di essere soddisfatto. Allora ascolta, vieni stasera alle nove alla sala della circoscrizione cinque, chissà che tu non possa imparare qualcosa.

Io non dissi nulla, se non: – Certo, signore, – e alle nove mi presentai puntuale alla sala dove già erano arrivate un bel po' di persone. Tra i convenuti credetti di riconoscere alcuni abitanti di via Mulini, quelli che ad ogni nostro passaggio con la compattatrice protestavano per i cassonetti, per la puzza e per la loro posizione. Stranamente i residenti del civico 36 erano tutti seduti a destra mentre a sinistra stavano quelli del 38.

Di lí a poco il Presidente fece far silenzio e cominciò a spiegare che lo scopo della riunione era cercare di risolvere il problema di via Mulini una volta per tutte, con civiltà. Ringraziò i presenti per essere intervenuti, raccomandò un dibattito approfondito e corretto, quindi passò la parola al geometra Belli dell'ARIA, responsabile della programmazione tecnica, il quale attaccò un pistolotto sulla necessità di arrivare ad un accordo su quell'annosa questione decidendo tutti insieme il modo piú opportuno per posizionare i recipienti della spazzatura, senza provocare disagi, senza ledere nessun diritto; ma non aveva neppure finito di parlare che da una parte e dall'altra iniziarono a levarsi urla: – Siete solo dei pasticcioni, non avete nessun programma e i cassonetti li mettete a vanvera senza contare le esigenze della gente, – disse un distinto signore della fazione del 38, mentre dal 36 una signora dall'aria professorale sentenziò: – E non solo non organizzate nulla ma vi ostinate con presunzione ad imporci le vostre scelte.

Il geometra Belli cercò di puntualizzare che era appunto presente per discuterne e il fatto stesso di aver organizzato quella riunione era senz'altro segno di apertura e disponibilità, ma neanche questa volta riuscí a completare il discorso perché fu subito interrotto da un coro di proteste, di accuse di incapacità, di corruzione, di incompetenza cosí pressanti e copiose che nemmeno il Presidente riuscí a mantenere l'ordine. – Calma, uno alla volta, calma, siamo qui per un confronto civile, – tentava di dire accompagnandosi con ampi gesti delle braccia aperte, mosse come fossero il battito d'ali di un ridicolo uccello.

Appoggiato contro la parete io seguivo con una certa curiosità quella confusione cercando di capire quale potesse essere l'insegnamento che, secondo il signor Lupo, avrei potuto trarre da quell'assemblea. Al momento sentivo solo urla e mi guardavo attorno per cogliere qualsiasi cosa mi potesse fornire un indizio. Pertanto mi accorsi facilmente che il mio istruttore si stava muovendo verso la porta di ingresso, ne stava chiudendo i battenti, e quindi, dopo aver girato piú volte la chiave nella serratura stava tornando verso il tavolo della presidenza, dove il povero geometra Belli assisteva a quella baraonda pallido e muto.

– Voi non potete continuare a mettere in atto un sistema che privilegia sempre e soltanto i soliti protetti, – urlò qualcuno del 38 accompagnato, come in un comizio, da uno scroscio di applausi della sua parte, mentre dalla zona del 36 si alzavano fischi e repliche seccate: – E chi sarebbero questi privilegiati? Noi ci siamo tenuti sotto le finestre la puzza dei cassonetti per piú di tre anni! – Ad un tratto dalla platea si levò piú alto di tutti un grido che risuonò chiaro e deciso: – Democrazia! Basta con queste imposizioni. Vogliamo democrazia! – e questa volta, all'unanimità, un coro di assensi e un contorno di applausi percorse tutta la platea.

Fu allora che il signor Lupo si fece avanti, si piazzò al centro della sala di fronte a tutta quella gente, e con voce chiara disse: – Ecco la democrazia! – quindi con teatrale lentezza alzò il braccio e mostrò ai presenti la chiave presa dalla porta della sala. – Di qui si uscirà solo quando vi metterete d'accordo. Ora sta a voi trovare la soluzione.

Riassumervi quella nottata nei particolari sarebbe impossibile perché subito dopo cominciò una discussione senza fine, aspra, concitata e spesso rissosa, il cui nodo principale stava nel fatto che nessuno dei due gruppi voleva i cassonetti sotto le finestre perché antiestetici, ingombranti e puzzolenti ma d'altro canto, nessuno li voleva lontano dalle abitazioni perché il tragitto con i sacchetti in mano sarebbe stato troppo scomodo, specialmente per gli anziani e in caso di cattivo tempo. Ora, finché la discussione girò attorno a questo impasse, si mantenne concitata ma ancora accettabile, però dopo un buon paio d'ore di tentativi vani, forse per la stanchezza, forse per la frustrazione, i toni cominciarono ad alzarsi e ben presto riemersero antichi rancori e storie di vecchie beghe tra condomini. – Allora almeno vietate a quegli incivili dei Pagnini di buttare quintali di pesce marcio là dentro, – disse a un tratto qualcuno e l'interessato replicò: – Meglio la puzza di pesce che quella del cavolo che mangiate voi sette giorni su sette. – E bravo Pagnini, – replicò qualcuno dalla parte avversa, – cosí secondo lei tutti noi del 38 dobbiamo sopportare il vostro fetore ogni giorno della settimana?

A questo punto i Pagnini, certamente toccati nell'orgoglio, urlarono che mangiavano cosa e quante volte pareva loro, perché se Dio voleva il pesce se lo potevano permettere anche tutti i giorni e fu l'inizio della fine perché dallo schieramento del 38 una distinta signora si alzò in piedi e con voce stridula, ferendo per sempre il cervello dei presenti, gridò: – Ma se sua suocera apre sempre i sacchetti dei vestiti usati per la San Vincenzo e recupera la roba che poi si mette, pezzenti! – e mentre il signor Pagnini urlava fuori di sé: – Bugiarda, venga qui a dirmelo, venga qui a dirmelo se ne ha il coraggio, – sua moglie tentava di giustificarsi. – Ma è anziana! Ha l'arteriosclerosi... – diceva e si voltava a destra e a sinistra e ripeteva piagnucolando: – È malata poveretta, non sa mica quello che fa, come si fa a dire certe cose.

Nel frattempo il marito, paonazzo, si stava dirigendo verso l'accusatrice insultandola, mentre i presenti non tralasciavano di dire la loro, chi annuendo, chi rilanciando nuove accuse e da qui in avanti mi è difficile farvi un racconto puntuale. Ricordo il signor Pagnini, dritto di fronte alla sua rivale, intento a farsi le proprie ragioni con urla e gesti minacciosi finché l'aggressiva signora non alzò una borsa e la calò con forza sulla testa dell'uomo. Fu come il segnale d'inizio di una battaglia: Pagnini reagí con una sberla e qualcuno del

38 gliela rese per conto della coinquilina. Poi ci furono manate, spinte e altre sberle, urla, grida e tanta confusione cosicché la sala si trasformò in una vera e propria arena. Alla scrivania il Presidente continuava ad agitare le braccia e questa volta realmente pareva voler spiccare il volo via da lí, ma invece restava a terra e intanto gridava: – Signori, vi prego, calma. Signori, continuiamo il dibattito con civiltà, – mentre accanto a lui il geometra Belli, cereo, lo sguardo fisso verso quel bailamme, come un automa ripeteva sottovoce le stesse parole del Presidente.

Il signor Lupo, che fino ad allora era rimasto in disparte ad osservare in silenzio quella scena, mi passò vicino e disse: – Andiamo pure, penso che tu ormai abbia imparato abbastanza, – dopodiché si avviò verso la porta, la aprí e se ne andò al suo scooter. Io lo seguii senza dire una parola, pensando dentro di me all'episodio cui avevo appena assistito, ed ero turbato, ero veramente scosso non solo per le urla e per le botte ma perché mai e poi mai mi sarei aspettato che persone dall'apparenza cosí normale si sarebbero accapigliate fino a menare le mani per dirimere una questione di civile convivenza. L'accaduto mi era assolutamente incomprensibile e probabilmente rimasi cosí deluso perché mi sembrò che tutto quello a cui avevo assistito aveva distrutto in un attimo la sicurezza e l'ottimismo che fino a poco prima credevo di aver costruito attorno alla mia presunta maturità.

Sprofondato in questi cupi pensieri mi ritrovai seduto dietro al signor Lupo, a cavallo della sua moto e con il mio istruttore che diceva: – Allora Stramonio, dopo questo bell'esempio di democrazia non ci meritiamo un po' di *Purgatorio* ? – e cosí partimmo nella notte verso la consolazione della birra, lasciando dietro di noi le urla e gli schiamazzi. Ancora una volta mi aggrappai a lui, certamente per non cadere, ma anche perché mi sembrò una delle poche cose sicure su cui potessi contare, pur se la velocità mi terrorizzava e le sue parole mi arrivavano confuse tra lo schioppettare del motore. – Non te la prendere troppo, – mi diceva abbordando le curve, – il cammino dell'uomo è lungo e pieno di difficoltà, e ogni sconfitta è un passo verso la conoscenza, mio caro, – e intanto accelerava e frenava rasentando i muri delle case. – È tutta brava gente, tutte brave persone pronte a lottare per difendere i loro ottanta metri calpestabili di mutuo concordato, – diceva indicando i palazzi, – tutte decise a scendere in piazza per ottenere la perfetta ricezione dei programmi televisivi, per impedire l'avanzata dello straniero predatore di lavori a ore, assolutamente convinte a conquistare un metro di parcheggio per la loro auto catalitica, e disposte a tutto pur di mantenere pulita la città da qualsiasi tipo di fetenzia, a patto che siano altri a farlo e lontano dai loro occhi e dai loro nasi, – diceva il signor Lupo mentre la sua risata si alzava a coprire il fracasso dello scooter.

– A proposito, lo sai qual è la piú grande discarica della città ? – urlò ad un tratto. – Il Pozzo alle Catene, signore, – risposi io con sicurezza. – Sbagliato, piccolo Stramonio, – gridò il mio istruttore mentre si lanciava sullo stradone costringendomi a domandarmi quale altro diavolo di discarica potesse essere piú grande dell'enorme montagna di schifezze al Pozzo alle Catene. La moto filava veloce e imboccava le strade facendo la barba ai marciapiedi, sfiorando i muri, gli alberi e scoppiettando si arrampicò su per la collina del Belvedere fino a che il signor Lupo frenò e ci andammo a fermare accanto al muretto della terrazza panoramica.

– Ecco, – disse indicando qualcosa che si stendeva sotto il poggio, – questa è la discarica piú grande della città, – e io mi sporsi per vedere meglio ma non vidi altro che strade, muri, case. Allora scesi di sella, mi avvicinai al muretto per guardare ancora meglio, ma continuavo a vedere soltanto case, luci, strade e nessuna discarica. Cosí mi voltai e dissi: – Signore, io non vedo discariche, – e il signor Lupo si fece vicino a me e allungò il braccio, indicando proprio sotto il Belvedere le mura del carcere cittadino e disse: – Quella è la piú grande discarica della città, ti è chiaro il concetto? – ma proprio, vi giuro, io non capivo. – Lí ci sono gli uomini che consideriamo finiti, come un paio di calzoni frusti o le carte unte dalla pizza. Lí ci sono vite, storie e cose, molte piú cose di quelle che ogni giorno scarichiamo al Pozzo alle Catene, cose che nessuno vuole sapere e vedere, e le buttano lí, per un po' o per sempre, fa lo stesso, dietro tutti quei cancelli e quelle mura perché non lascino passare l'odore, – e intanto che parlava tirava su dal naso come se avesse il raffreddore e mi domandava: – Tu lo senti l'odore dell'uomo? – e allora anch'io tirai su col naso e annusai l'aria come fanno i cani ma l'odore dell'uomo proprio non lo sentivo.

– Non te la prendere, – disse allora con molta gentilezza il mio istruttore, – prima o poi lo sentirai. Ora andiamo in *Purgatorio* a fare un po' di penitenza –. Cosí scendemmo a tutta velocità dal Belvedere, e ripassammo per le strade buie sfiorando pareti e marciapiedi, filammo lungo l'alto muro di cinta del carcere mentre io me ne stavo aggrappato al signor Lupo e tiravo su col naso e annusavo l'aria per sentire se da quel posto trasudasse l'odore dell'uomo.

Poi sarà stata la birra o forse la tristezza di cui vi dicevo ma quella notte, seduto al tavolo dell'osteria, la mia statura mi apparve ancora per quella che era: poco piú di uno sputo. Guardavo verso il signor Lupo però non lo vedevo e le parole mi uscivano dalla bocca da sole, senza una precisa volontà se non quella del mio desiderio di essere un po' piú in alto di quel posto, un po' piú vicino alla pulizia dei Cieli che, come abbiamo appreso, non è troppo distante dalla sporcizia della Terra. Cosí continuavo a guardare il signor Lupo ma non vedevo lui: vedevo il signor Hrabal seduto dietro al tavolo della *Tigre d'Oro*, la birra in mano e la sua voce che usciva dalla bocca e si avvolgeva attorno al mio viso come una sciarpa calda sopra il freddo dell'inverno: – Ascolta i suoni della vita, – diceva quella voce, – la sua bella musica concreta. Stenditi sul letto, nell'orma della tua donna e ascolta, nel garage dove vivi sotto al palazzo di cinque piani, dove gorgoglia l'acqua di scarico, senti come tirano le catenelle e come buttano in fretta lo scarto della loro esistenza, e quando ascolti le profondità della terra, sentirai molto chiaro e silenzioso come vi scorrono le acque di scarico della vita e il fiume delle cloache e delle fogne dove c'è la lotta di chi sopravvive.

– I Cieli non sono umani, – diceva il signor Hrabal dietro alla sua birra, – e la vita sopra di te e sotto di te neppure.

Spurgare

Natale era ormai passato e un altro anno stava arrivando. La notte non dormivo piú nell'impronta lasciata da Nova, ma al caldo delle sue braccia, nel letto pieno d'amore e di piume di Caracas. L'arrivare di quel tempo nuovo mi sembrava un buon segno, una specie di cammino che finalmente non avrei piú fatto da solo. Per celebrarlo, la notte di San Silvestro andammo tutti al *Purgatorio*, tutta la squadra, con mogli, figli e fidanzate. Io assieme a Nova, con un po' d'imbarazzo perché in fondo lei era la figlia del Capo, dell'uomo che mi era maestro e che sorrideva e beveva alzando il bicchiere dall'altra parte del tavolo: – Mamme, mariti, figlie e amici, quest'anno è finito ma il tempo no, di quello ce n'è ancora, – diceva il signor Lupo in piedi a capotavola come una specie di patriarca, – ce ne sarà sempre perché il tempo se ne infischia di noi e fa come gli pare –. Intanto i commensali applaudivano le sue parole, e prendevano dai piatti di portata larghi tagli di prosciutto nostrano, rotoli di pancetta, fette di pane abbrustolito e aglio che parevano ciabatte. – Io brindo al tempo, – continuava il mio maestro a voce alta, – al tempo che se ne fotte e va per la sua strada anche se la sua strada è decorata di cassonetti puzzolenti, di cestini stracolmi di pattume, di materassi sfondati e di vestiti smessi, – e le sue parole si mescolavano al rumore delle nostre mascelle intente a triturare spaghetti ai frutti di mare, tagliatelle con funghi e formaggi, tortellini in brodo di carne. – Brindo al grande ballo della sporcizia che fa salire alto fino al cielo il Pozzo alle Catene, – tuonava il signor Lupo davanti alle nostre bocche piene di cacciagione, leprotti in salmí e arrosto di maiale al latte e rosmarino, – alzo il bicchiere all'incessante bisogno di pulizia che giustifica e permette all'ingegno umano, alla nostra intelligenza, di trasformare il pattume in argento e oro, di far nascere il torracchione dell'inceneritore e il suo fumo con cui copriremo tutto, spazzatura, miseria, ingiustizia e anche la morte, – disse alla fine con tono solenne mentre noi gustavamo le crostate di ciliegie della Lidia, roba speciale, mentre alla birra e al vino avevamo ormai sostituito lo spumante brut dei nostri colli. – Perché questa che festeggiamo qui, amici, madri, figlioli e sorelle, è la felicità di esserne scampati, di aver evitato per un pelo la valanga, di aver arginato la fine grazie all'epico Notte, al cantore Elvis, a Quindici lo sbronzo, a Nanna dormiente, agli inossidabili Anguilla e Svizzero, al piccolo e tenace Stramonio e in fondo anche a me stesso, condottiero della nostra armata Brancaleone, – e mentre elencava i nostri nomi ci indicava ai commensali uno alla volta e ogni nominato si alzava in piedi a ricevere l'applauso, le urla di giubilo e gli osanna. Ma quando arrivò alla fine e tutti erano già pronti ad acclamarlo, il signor Lupo fece cenno di aspettare, agitando su e giú le mani, e cosí concluse quel suo lungo discorso: – Allora, come si usa alla fine del pezzo di tempo che noi, in questa parte di mondo, chiamiamo «anno», io voglio augurarmi che il vostro futuro sia bello, felice, tranquillo e anche ricco, ma non per le cose che riuscirete ad avere grazie ai vostri sudati stipendi, non per quello che butterete dopo aver mangiato e bevuto, ma perché il Pozzo alle Catene esploda e cessi quel fumo, perché il torracchione scompaia e ci lasci finalmente vedere l'orizzonte, con la città in fondo, con le case piene di gente, con le albe e i tramonti come si comanda e allora tutti quanti voi, anche tu Stramonio stai tranquillo, seduti sul muretto al Belvedere possiate avere le mani libere dagli imballaggi e finalmente sentire l'odore dell'uomo, che non sarà una gran bella cosa però è l'odore nostro. Senza scusanti e senza trucchi, senza aggiunte e conservanti. Questo auguro a tutti voi. Buon tempo a tutti, – e quindi alzò il bicchiere di spumante per fare il brindisi finale e fu ricambiato, tutti applaudimmo ma fu un applauso contenuto, quasi discreto, fatto di striscio come se ognuno di noi avesse un altro pensiero, e stesse a cercare con la parte della testa meno bugiarda, come fare a condividere realmente quello che il signor Lupo aveva appena detto.

Credetemi: lui parlava cosí, senza stare troppo a spiegare, senza tornarci neanche troppo sopra. Semplicemente era capace di farti un discorso inquietante e poco dopo sederti vicino e ridere contento, scherzare proprio come fece quella notte, ed abbracciarmi, abbracciare le grosse spalle di Nova e coprirla di baci, e passare la sua mano sulla mia testa come solo lui sapeva fare, cosí che io non riuscii a trovare il coraggio di domandargli niente, non riuscii neppure a parlare ma mi abbandonai al piacere di averlo lí accanto, senza sapere nulla di lui, senza cercare altro. Mi bastava che fosse lí, quello soltanto.

E anche di questa speranza, della montagna di sporcizia che esplodesse e del metano saturato dentro al torracchione come diceva il signor Bianciardi nella sua vita agra, io avrei voluto saperne di piú, avrei voluto parlarne e capire, ma ogni qualvolta cercassi di arrivare all'argomento il mio istruttore diceva soltanto: – Tu guarda, Stramonio, tu stai ad ascoltare, usa i tuoi occhi e non ti fidare delle parole di nessuno, neanche di quello che dice il sottoscritto.

Una volta ricordo che eravamo nel giro della differenziata a fare la pesca nella carta e io avevo agganciato un cassone proprio dietro al Palazzo dei Duchi, e l'avevamo buttato sul camion. Lui se ne stava là in piedi, dritto su quel monte di carta e come sempre cominciò a rovistare nei ritagli in cerca di un libro o di un giornale, con la faccia contenta perché quella pesca era per lui un gran piacere, ma all'improvviso dal suo viso sparí ogni sorriso, si abbassò e stette fisso a guardare una massa di carta tagliata a strisce come tanti spaghetti. Tra sé mormorava: «Guarda che bello», e sussurrava: «Ma che bella fortuna» eppure il suo viso era serio e anche quando si alzò dalla carta e mi disse: – Vieni a darmi una mano, – continuava ad avere il buio in volto, e si guardava attorno con fare sospetto. – Per favore, – mi disse, – aiutami a trovare tutti i ritagli di questa dimensione, queste strisce cosí, – e mi fece vedere una fettuccia di carta tagliata come una stella filante. – È veramente importante, fai in fretta e non mi chiedere niente –. Cosí io feci per una buona mezzora, raccogliendo, e alla fine avevamo trovato un bel mucchietto di strisce, cosí il signor Lupo prese un sacchetto e mise ogni cosa dentro. Quando arrivammo all'ARIA per smontare dal turno, fece in fretta e in silenzio tutta la chiusura. Poi salutò tutti di corsa e partí come un razzo con la sua moto e il sacchetto della carta raccolta tra i piedi, partí senza dire niente di quello che aveva, senza un accenno per la sua espressione crucciata, la stessa espressione che gli vidi tutte le volte che, durante la pesca sotto i cassoni del Palazzo, trovammo quella carta ritagliata a strisce come fettuccine.

Qualche tempo piú tardi, all'inizio del turno, il signor Lupo mi chiamò da una parte e mi disse: – Stramonio, ormai tu sai far quasi tutto, hai provato ogni lavoro di quello che noi dobbiamo fare. Una sola cosa ti manca: spurgare, – e cosí montammo sull'autobotte colorata, con i grossi tubi agganciati sui fianchi e partimmo verso il centro città. Arrivammo di fronte al Palazzo dei Duchi e ci fermammo in un angolo, di fianco a un tombino. – Queste sono costruzioni antiche, e ancora non sono state collegate al sistema fognario. Hanno il pozzo nero, in cui confluisce ogni scarico e quando il pozzo è pieno, bisogna che noi lo svuotiamo con quest'affare che ora ti mostro –. Cosí dicendo aveva sganciato il grosso tubo dalla fiancata del camion e lo stava avvitando sul bocchettone della cisterna. – Stai bene attento, perché se qui sbagli viene fuori un macello! La bocca del tubo va messa dentro al tombino, diritta nel pozzo, e quando sei sicuro del pescaggio e hai misurato il livello con quell'asta, vai alla pulsantiera e giri la leva. La freccia a sinistra vuole dire che aspira, a destra si scarica tutto dall'autobotte. Ora apriamo il tombino.

Con una chiave speciale sollevammo la lastra d'acciaio e scoprimmo l'apertura del pozzo, e il signor Lupo disse: – Ora apro, tu non scappare, – e dette uno strattone al secondo tombino, mentre io mi stavo domandando perché mai avrei dovuto fuggire, se quello era il mio lavoro ed ero là per spurgare. Ma non appena il coperchio fu sollevato e l'aria del pozzo si liberò verso il cielo, un miasma tremendo mi assalí la gola, un effluvio di gas puzzolente che mi fece quasi svenire, e mentre lo stomaco mi si attorcigliava come se avesse ricevuto in pieno un cazzotto, con la vista annebbiata scorsi il signor Lupo tranquillo, ritto sull'apertura di quell'inferno di puzzo, mentre sentivo la sua risata accompagnare le parole: – Non fuggire Stramonio, che questo è il frutto della nostra esistenza, è il nettare dell'incessante attività dei nostri intestini, – diceva mentre infilava una lunga pertica dentro quell'orrida melma, – e ti prego annotare come anche gli escrementi dei potenti frequentatori del Palazzo abbiano lo stesso identico odore dei pozzi che svuoteremo piú tardi, alle case popolari del Monte o al Villaggio Milano, giú al fiume –. Ma io non avevo l'animo di avvicinarmi e mi stupivo di come lui potesse tranquillamente respirare senza provare la nausea che mi avvolgeva e mi annebbiava la vista.

– Forza amico mio, datti da fare, che qui ci sono quintali di merda e ancora molta altra ci aspetta, – e allora mentre rideva e mi passava la mano sulla testa per incoraggiarmi, io girai per la prima volta la manopola dell'aspiratore verso la freccia di sinistra e la pompa cominciò a succhiare proprio nell'istante in cui sentii dentro di me rovesciarsi l'universo e vomitai tutto me stesso dentro il tombino. – Vedi Stramonio? – diceva il signor Lupo mentre mi sorreggeva la fronte, – stai vuotando la melma del mondo e nello stesso tempo pulisci il tuo corpo. In poche parole, stai imparando a spurgare!

Un paio di giorni piú tardi in città sarebbe arrivato il Ministro a presenziare l'inaugurazione del torracchione, con grande cerimonia presso l'impianto e un convegno al Palazzo dei Duchi al quale avrebbero partecipato politici, scienziati, tecnici e operatori del settore, prelati e autorità varie, come si conveniva per l'inizio di una nuova era per il pattume della nostra regione. Prima del turno della notte il signor Lupo radunò come sempre la squadra per assegnarci i compiti. Eravamo tutti presenti, e intorno c'era un'aria di mobilitazione generale: – Allora colleghi, come sempre quando il Principe viene a fare visita nelle province di questo Regno, occorre che il tragitto percorso dalla carrozza di Sua Eccellenza sia lindo e splendente affinché i suoi regali occhi non vengano disturbati dalla visione della sporcizia umana. Quindi, dall'aeroporto al Palazzo bisogna tirare a lucido tutto entro domattina. A noi spetta il pezzo dall'isola pedonale fino al loggiato, e anche la piazza dei Duchi, di fronte al Palazzo. Notte e Anguilla, prendete la spazzolatrice e vi fate la zona blu, Elvis e Quindici si passeranno tutti cassonetti mentre per Svizzero e Nanna scopa e cestini. Io e Stramonio ci occupiamo delle logge e della piazza.

Cosí, in quella fredda notte di gennaio montammo sul camioncino con la pompa per ripulire le strade del centro, e mentre io dirigevo il getto a pressione sulle macchie piú ostinate del selciato il signor Lupo, dall'altra parte della piazza, menava colpi sulla scopa di saggina e urlava verso di me: – Stramonio, non percepisci nell'aria il profumo pungente dell'ipocrisia? – e nonostante io sentissi soltanto l'odore dell'intruglio rosa sparato sul porfido dalla Decker, alzai lo sguardo e gli risposi parlando forte per superare il rumore della pompa: – Certo, signore, lo percepisco! – Stramonio, – continuò allora il mio maestro, – ti accorgi com'è buffa la notte passata a preparare la pista del circo per lo spettacolo di domani? – e io mi fermai un attimo a guardare intorno la piazza illuminata, il cielo nero e pieno di stelle sulla mia testa, ascoltai l'eco della Decker rimbalzare sui muri del Palazzo, e niente di tutto questo mi sembrò buffo, però gridai: – Certo signore, me ne accorgo!

– Non ti pare che questo nostro ritmato muovere di scopa sia come lo scodinzolare del cane quando sente arrivare il padrone per dimostrargli la sua devozione? – gridò ancora il signor Lupo attraverso il fracasso della pompa ma, Hanta, francamente non avevo affatto quell'impressione e stavolta dissi: – Non mi pare signore, anzi sono piuttosto scocciato di questo lavoro supplementare, e in verità credo soltanto che l'Ingegnere voglia accogliere degnamente le persone importanti che converranno domani per l'inaugurazione.

Allora il mio maestro smise di parlare, dette ancora un paio di colpi svogliati con la scopa, poi prese ramazze, palette, bidoni e buttò tutto sul carretto, quindi venne da me e girò l'interruttore della Decker. Nel silenzio improvviso che si fece la sua voce tuonò anche se era un filo. – Lascia perdere qua, andiamo a casa mia, tanto per quello che serve abbiamo pulito anche troppo, – e io lo seguii senza replicare, un po' perché aveva un fare deciso che nessuno sarebbe riuscito a contrastare, poi perché a casa del signor Lupo non c'ero mai stato e per me era proprio un onore, significava poter infrangere un mistero di cui avevo solo sentito parlare per accenni, da Nova, dai colleghi e da lui stesso.

Il signor Lupo abitava al primo piano di un palazzo, in una casa vecchia del centro, di quelle che solo a vederle dall'esterno già raccontano una storia, con le crepe, le finestre ad arco e i muri di mattoni di una volta. Appena aprí la porta e mi disse di entrare, come succede entrando in ogni casa sentii un odore particolare, nel quale riconobbi chiaramente l'afrore della carta vecchia, quella della pesca. La stanza era grande e invasa da mucchi di libri sparsi, disposti a cataste, appoggiati al muro, sopra a mensole e a ripiani. Oltre ai libri che la invadevano c'era una quantità di oggetti bizzarri, vecchi, ammaccati, roba raccolta nei cassonetti con pazienza, cosí tanti che quel luogo sembrava un magazzino dove l'ordine e il caos abitassero insieme, come si potrebbe dire di un museo gestito da un direttore strano, un artista mezzo scienziato. In quell'ammasso di oggetti restava libero soltanto uno stretto corridoio da cui passammo per andare nella seconda stanza, e allora mi sembrò di vedere il posto dove abitava l'Hanta della solitudine troppo rumorosa del signor Hrabal, con un soppalco pieno di libri, quaderni e carte in quantità da costringere il legno a imbarcarsi, quasi stesse chiedendo pietà per tanto peso. Sotto al soppalco era incastrato un letto, un giaciglio allestito proprio sull'abisso, in bilico sulla minaccia costituita da quell'enorme montagna di roba sulla testa, ma a differenza della camera dell'Hanta pressatore, su questi muri erano appiccicati fogli, brandelli e ritagli di carta a strisce che riconobbi come quelli che avevamo trovato nella pesca, dentro al cassone sotto il Palazzo. Erano appesi come strani quadri, o appuntati agli arredi come annotazioni, dal basso fino ad arrivare quasi al soffitto, appoggiati ai volumi, impilati per terra. – Siediti pure, – mi disse il signor Lupo indicandomi una catasta di libri da una parte, – e non temere che tanto non crolla: questo soppalco me l'ha fatto un bottaio, è legno temperato, non si spezza neanche se gli spari! – e cosí dicendo picchiava con forza la mano sulle tavole, sorridendo.

– Ecco, questa è la mia casa, e qui ci sono i miei trent'anni di lavoro, trent'anni passati a pulire le strade, a raccattare le cose che butta via la gente. E di roba se ne butta tanta, questo lo hai imparato, – disse mentre si infilava sopra il letto. – Loro credono di disfarsene in fretta, aprendo con un piede il cassonetto, e poi semplicemente facendo volare dentro la busta piena di schifezze.

A questo punto fece una pausa e mi guardò come per accertarsi che io stessi seguendo il discorso. – Buttarla veramente, distruggerla, farla sparire dalla nostra vita è una cosa ben piú complicata. Tu hai visto solo come si fa a raccoglierla, ma dopo è veramente un problema perché non devi credere che per la pulizia del mondo basti il Pozzo alle Catene, o quella specie di torracchione fumante che vogliono inaugurare domani in pompa magna. È tutto molto piú complicato e non saprei dirti neanche se alla fine si possa fare veramente. È un po' come spalare l'acqua del mare usando un forcone, ma questo è un altro discorso, non divaghiamo.

Io ascoltavo le sue parole uscire da sotto la nicchia sovrastata dalla carta, e mi chiedevo cosa stesse per dirmi che ancora non sapessi, perché quella sembrava l'intenzione del signor Lupo, quello si poteva intuire dal tono calmo della sua voce. – Intorno a questo nostro assurdo raccogliere, Stramonio, non c'è solo il bisogno di pulire, di togliere da sotto gli occhi e il naso della gente la puzza e la sporcizia che facciamo. C'è che farlo, o meglio, dare almeno l'impressione di farlo, è una forma di potere neanche troppo occulto, è un modo ambito di maneggiare ricchezza, di riuscire a far soldi, montagne di soldi, – e come se mi stesse svelando un importante segreto il signor Lupo sussurrò: – È quello che cercavano di fare gli antichi alchimisti: poter trasformare ogni cosa vile in oro, anche la merda.

– Al Pozzo alle Catene noi gettiamo tutti i giorni tonnellate di schifezze, – continuò spedito, – roba da eliminare in qualche modo, da far sparire. Per far questo ci sono leggi, divieti e norme che vanno rispettate. Ma in mezzo a queste norme si può giocare, si possono far trucchetti che rendono miliardi e fanno comodo a tutti, anche ai Principi che vengono a inaugurare. Fai bene attenzione: si parte dalla discarica con un camion pieno di pattume ordinario, diretti verso un altro impianto della regione, per esempio una biopressa, dove ufficialmente il carico deve essere trattato con enzimi e roba chimica varia per assimilarlo ai rifiuti speciali, esportabili da un'altra parte. Intanto si presenta all'ente preposto la documentazione, falsa, del trattamento avvenuto e si intasca un tanto al chilo, quanto dice la legge, mentre il solito carico, mai trasformato, riparte per un'altra discarica, in un'altra regione, magari facendo una tappa in un altro impianto ancora, a metà del tragitto, dove viene certificato un nuovo stoccaggio, fatta la bolla e fatturato l'importo, ti è chiaro il concetto?

Io continuavo immobile ad ascoltare la voce uscire da sotto quella nicchia e intanto avevo davanti agli occhi la lunga fila di camion che saliva e scendeva senza sosta dal Pozzo alle Catene, mi immaginavo quel movimento balordo di pattume, documenti falsi e milioni che giravano in tondo come la giostra di una fiera.

– Ora cerca di capire, perché qui viene il bello, qui c'è la genialità di chi ordisce queste trame: il nostro torracchione parte domani e comincerà a bruciare una montagna di immondizia per il bene della città e del mondo, questo è ufficiale. Ma assieme a quello che arriverà da quasi tutta la zona, brucerà anche molto del pattume partito proprio dal Pozzo alle Catene per il giro che poc'anzi ti ho descritto. Ti è chiaro il concetto? L'anello si chiude, caro Stramonio, il giochino è compiuto in eleganza, come il maneggiamento di un prestigiatore! Ora dimmi se questo non è un capolavoro, una vera e propria forma d'arte di cui troppo pochi sono a conoscenza. E dimmi se questa ignoranza non è un peccato, amico mio, perché l'arte è una delle poche risorse che l'uomo ha per tramandare se stesso, per immortalare il suo genio, per fare cultura, patrimonio, tradizione e fondare in tal modo la propria civiltà.

Detto questo si rizzò con una certa fatica sul bordo del giaciglio e indicando con un largo gesto della mano i fogli appesi ai muri disse: – Non è forse giusto che tutti vedano e possano apprezzare questo sforzo civile? Non credi sia il momento che venga dato un riconoscimento agli autori di questa mirabile testimonianza d'ingegno? In pratica è quasi tutto scritto qua, nella carta che abbiamo raccolto durante questi mesi nei cassonetti del Palazzo, tagliata, stracciata e buttata assieme ai suoi segreti.

Il signor Lupo sembrava stanco ma soddisfatto, lisciava i fogli appesi con il palmo della mano e intanto continuava a spiegare: – Ho rimesso insieme tutto con pazienza, come un grande rompicapo, incollando pezzetto con pezzetto, pulendo lo sporco dai ritagli, asciugando sbavature. È tutto sopra questi muri, su quei documenti appoggiati ai libri e nel soppalco. Ci sono prove inconfutabili della giostra fatta col pattume che io e te raccogliamo, e del geniale progetto del nuovo torracchione che produrrà fumo e miliardi. È arrivato il momento, non credi? Domani finalmente spurgheremo una volta per tutte il pozzo nero del Palazzo dei Duchi!

Cosí si alzò e foglio dopo foglio mi spiegò quello che aveva scoperto, le lettere ricostruite che contrastavano coi dati ufficiali, aggiravano le leggi, le tracce di false spedizioni e insomma, tutto quello che sarebbe stato utile per scoprire l'inganno sepolto nella discarica e nell'inceneritore. Quando il signor Lupo mi accompagnò alla porta era mattino fatto e aveva la faccia stanca di chi ha passato la notte in bianco, ma la voce no, quella era felice. – Se un giorno vedrai il tuo Hrabal, digli da parte mia che ha ragione, – mi disse abbracciandomi sulla soglia. – Un desiderio, almeno uno nella vita bisogna inseguirlo. Stavolta spurghiamo davvero il pozzo, – disse ridendo, – facciamo fare a tutti un bel bagno nella merda!

Piangere

Ecco che ricordando queste cose ancora mi si stringe la gola, fatico a far passare l'aria e raccontare diventa pesante, ma ormai devo terminare e ringraziarvi che siete stati buoni per tutto questo tempo, a beccare le briciole e ad ascoltare. Quelle che vi ho appena detto furono le ultime parole pronunciate dal signor Lupo, capite? Non riesco a scordare quell'augurio di far finire tutto in merda e il suo omaggio al signor Hrabal, ma è giusto cosí, perché non posso buttare il desiderio che un amico mi ha regalato poco prima che succedesse quello che è successo. Allora abbiate ancora un momento di pazienza, rimetto in ordine i pensieri, ricaccio in fondo il peso che mi opprime e vi dico come sono andate a finire le cose, e perché sono qui a parlare.

Dopo aver salutato il signor Lupo me ne tornai a casa che era già mattino, e sprofondai in un sonno pesante, ma dormii poco, perché non piú di tre o quattro ore da quando mi ero coricato sentii picchiare forte alla porta, mentre una voce urlava: – Apri Stramonio, per carità, apri all'istante! – Avevo ancora il sonno appiccicato agli occhi e una pesantezza enorme in tutto il corpo cosicché ci misi qualche secondo a realizzare, a scendere dal letto, correre alla porta senza inciampare e trovarmi di fronte Nova in lacrime, disperata: – Una disgrazia tremenda, una tragedia. Mi hanno telefonato al lavoro dicendo che mio padre è morto, schiacciato da un soppalco che gli è crollato addosso. Bisogna andare a casa sua, io non so come fare.

Ancora non capivo, sarà stato per il sonno o per la notizia improvvisa, ma veramente subito non capii e dissi a Nova di star tranquilla, il tempo di mettermi qualcosa e saremmo andati. – Sarà uno scherzo stupido, – le dissi, – figurati se uno come il signor Lupo può morire, e addirittura schiacciato –. Ma quando arrivammo sul posto la polizia aveva già occupato la casa, c'era una gran confusione di gente, carabinieri, fotografi, giornalisti. Fummo trattati con cortesia e fatti passare, furono dette parole di cordoglio a Nova, le dissero che avrebbe dovuto firmare. Il corpo non c'era già piú, portato via per l'autopsia. Non c'erano piú neanche le carte appese ai muri, e i ritagli che avevamo trovato nei cassoni, non c'era piú traccia di niente. Il soppalco era spezzato in due, di netto come se all'improvviso avesse ceduto al peso dei libri che lo martoriava da anni. Che strano il destino, vero Hanta? Aveva resistito per tanto tempo, quel soppalco in legno temperato, e aveva scelto di crollare proprio quella mattina, proprio la mattina meno opportuna, quando il signor Lupo aveva deciso di spurgare. Díte, dimmi un po' anche tu cosa ne pensi, non è davvero strano?

Allora rimasi immobile a guardare il mucchio di libri sul letto da dove avevano estratto il corpo del mio istruttore e rimasi fermo in quel modo per un bel pezzo. Guardavo davanti come avevo visto fare a Giò il barbone la mattina in cui lo bruciarono vivo, guardavo davanti a me, fisso com'era lo sguardo di Zylima al cielo, come faceva il signor Lupo quando guardava il torracchione in piedi sulla spazzatura del mondo. Guardavo davanti, immobile come tutte le persone in cui qualcosa in fondo all'anima si sposta e sembra che se ne stiano piantate a fissare il nulla mentre invece lo sguardo scivola lentamente dentro, si sposta dagli occhi e va giú, fino in fondo. Non saprei dire da dove, forse passa dalla gola, si infila nell'esofago e va ancora piú giú, fino alle budella e le riempie tutte di cemento.

Io non so se i piccioni piangano e se quello che succede intorno vi dia dolore o felicità o indifferenza, però a me successe cosí, e non ho idea per quanto rimasi fermo a guardare davanti, ma fu per tutto il tempo necessario ad aspettare che il cemento nella mia pancia si sciogliesse, che il caldo piano piano mi tornasse addosso e finalmente sentissi che qualcosa di liquido mi stava uscendo dagli occhi, e scendendo tracciava sulle guance un rigagnolo nel sudicio che ancora avevo addosso, proprio come avevo visto fare sulle guance del signor Lupo il giorno in cui Zylima ebbe in regalo la bomba. Le lacrime scendevano e io sentivo il mio peso diventare piú leggero come sotto una pioggia che mi stava lavando dentro e fuori, sembrava che dagli occhi uscisse l'intruglio rosa con cui pulivo le logge, uscisse l'acqua con cui bagnavo i giardini, fosse la pompa con cui succhiavo la schifezza dai pozzi o il liquido che cadeva dall'alto del camion mentre le spazzole lavavano i cassonetti. E piú mi venivano in mente queste cose piú le lacrime uscivano quasi fossero spinte da una Decker a cento atmosfere, e cosí, sotto quel getto purificante, alla fine tutto sarebbe tornato lucido e lindo come il marmo del porticato.

Allora per la prima volta mi sentii un uomo, sentii le mie guance bruciare per il pianto e dal mio interno, dove prima avevo il cemento, salí una sensazione strana che non avevo mai conosciuto, mentre mi tornavano alla mente le ultime parole del mio istruttore, le stesse che ancora adesso mi serrano la gola. Fu per quello che scappai senza salutare nessuno, facendo appena un cenno a Nova come per dirle «ci vediamo dopo» e quindi corsi al capannone dell'ARIA, presi l'autobotte con cui avevamo svuotato il pozzo nero del Palazzo e guidai fino davanti al tombino, con gli occhi sempre pieni di pianto. All'interno il convegno era appena cominciato e intorno si vedevano le auto di rappresentanza, gli autisti in divisa, i poliziotti, i vigili urbani, e molta altra gente, ma nessuno badò alla mia autocisterna, nessuno dette mostra di vedere quel coso enorme guidato da un'inezia. Guidato con fatica ve lo immaginerete, perché io ero poca cosa, rispetto a quel colosso.

Eppure fui capace, anche con la vista annebbiata lo portai fino al punto giusto e dopo scesi, aprii il tombino e il coperchio del pozzo ma questa volta non vomitai, perché ormai mi sentivo davvero un uomo. Infatti presi il tubo e feci tutto per bene, proprio come mi aveva insegnato con pazienza il mio maestro. Soltanto quando arrivai ad aver incastrato il bocchettone nel condotto in fondo al pozzo, impugnai la leva e la girai al contrario, non dalla parte dell'aspiratore, ma dove si pompa.

Non ci volle molto, non piú di dieci minuti, prima che cominciasse l'agitazione e qualcuno uscisse dal Palazzo stravolto dal disgusto, anche perché misi al massimo il motore e il compressore spingeva che era una bellezza. Il liquame partiva dalla mia cisterna e come un razzo ritornava nelle tubature, faceva a ritroso la via che avrebbe fatto normalmente, arrivava fino ai bagni, passava i sifoni a becco d'oca, poi gorgogliava come lava di vulcano lungo le piastrelle, scendeva dalle scale antiche, imbrattava vasi e tappeti, si appiccicava contro le porte e sui muri, riempiva gli schedari. Non passò molto, e dalla sala del convegno cominciò la fuga dei signori che stavano parlando dei rifiuti: se li ritrovarono dentro le scarpe i loro rifiuti, scivolarono e se li ritrovarono anche sui vestiti. Per alzarsi si appoggiarono sulle mani, aiutandosi a vicenda e a vicenda si riempirono di sterco, scivolarono nuovamente e allora reggendosi l'un l'altro, in fila indiana e anche a carponi, uscirono gemendo dal portone. Io intanto restavo di fuori ad aumentare i giri del motore, e piangevo, e guardavo uscire da tutte le porte la gente che imprecava, sgomenta. Uscí il signor Ministro, pallido e tremante, tenuto sollevato dalle forti braccia degli uomini di scorta ai quali raccomandava prudenza, e mentre si raccomandava era scosso da conati di vomito impressionanti. Uscivano i sindaci con le fasce tricolori e i risvolti dei calzoni arrotolati come turisti veneziani nell'acqua alta, usciva il vescovo sollevandosi la gonna davanti come una lavandaia e le avvenenti signorine in tailleur pastello. Le vedevo sui tacchi a spillo, le braccia allargate quasi fossero in croce, trascinare i piedi nel pantano neanche stessero pattinando sul ghiaccio. Uscivano in fretta come topi, come i ratti che dal letto sentivo squittire sotto il pavimento della mia casa, nel mondo sotterraneo che adesso stava schizzando fuori dai tubi del Palazzo. – I Cieli non sono umani e la vita sopra e sotto di noi neppure, – ripetevo io e intanto ridevo e piangevo allo stesso tempo, mentre assistevo a quella fuga cosí spettacolare.

Non ricordo con esattezza per quanto continuò quel bailamme. Ad un certo punto qualcuno finalmente si accorse dell'autobotte attaccata al tombino e di un piccolo uomo che rideva, piangeva, urlava dalla contentezza. Vennero in quattro o cinque poliziotti a prendermi per le braccia, a staccare la pompa e a dirmi: – Disgraziato, ti rendi conto del danno che hai fatto? – Ma io feci una faccia stupita e dissi: – Signori, quale danno? Ho solo restituito ai proprietari la loro essenza, il segno tangibile della vita affinché possano effettivamente meditare sull'esistenza di noi tutti, comuni mortali. Non sentite nell'aria l'odore dell'essere?

Devo riconoscere che non furono troppo brutali. Mi trattarono piuttosto come un oggetto strano, come un mezzo matto che con un gesto inconsulto aveva attentato al Palazzo e rovinato il congresso. Ricordo che mentre mi portavano via, verso la Questura, un giornalista si fece avanti e mi chiese: – Perché l'hai fatto? – e cosí, come succede in questi casi, in un attimo rividi quasi tutta la mia vita e mi trovai di fronte il signor Lupo che sulla porta di casa diceva: «Finirà tutto nella merda». Allora mi venne da sorridere e fui soddisfatto di capirne il motivo. Alzai un po' di piú lo sguardo e risposi chiaro e lentamente: – Scriva cosí: perché all'uomo un aiuto sia l'uomo.

Il resto è poca cosa: dalla Questura mi portarono alla discarica degli esseri umani, la stessa che il signor Lupo mi aveva insegnato a riconoscere dal Belvedere, attorniata da muri e cancelli, da finestre sbarrate. Ci entrai sorridendo là dentro, ma mica per posa. Fu solo che fui assalito dall'odore non appena aprirono le porte per farmi passare, come succede entrando in tutte le case, ma quello era l'odore dell'uomo che non ero mai riuscito a sentire. Abbandono, violenza e sudore, sogni, cibo, vestiti e altre mille cose che potrei stare qui a elencare se solo aveste voglia di prestarmi ancora attenzione. Finalmente respiravo forte dal naso come fanno i cani, sorridevo e ringraziavo in silenzio il mio maestro che mi aveva fatto capire, mentre passavo nei corridoi dove si affacciavano le gabbie dei signori carcerati, le grate delle celle dalle quali sbucavano decine di braccia che mi salutavano e le mani che applaudivano il mio transitare. Intanto io sorridevo e sentivo l'odore profondo della vita lasciata a marcire.

Iniziare

Bene, ora sapete chi ero e sapete anche quello che sono. Altro non vi saprei dire. Sto in questo ospedale e aspetto il dottore, perché il giudice vuole capire se sono un cretino, un matto oppure un criminale.

Non ho voluto spiegare niente, da quando mi hanno arrestato non ho piú voluto parlare, perché penso che nessuno, là fuori, abbia la voglia e il tempo per starmi a sentire. O forse nessuno riuscirebbe a comprendere la storia che vi ho raccontato: chi crederebbe a uno che si chiama Stramonio?

Inoltre credo di avere cose piú importanti da fare. Ho parlato volentieri con voi e vi ringrazio per la pazienza che avete avuto, ma ora devo decidere come iniziare, perché se è vero che ho finito di raccontarvi la mia storia non è che posso restare per sempre qui in cima, aspettando. La città, laggiú, io ci sono stato, e ho dormito abbastanza sotto i miei cinque piani, e cosí il cielo che c'è sopra, lo conosco bene, credo di aver imparato a diffidare del suo falso splendore. Se fate attenzione, da qui potete vedere il profilo del torracchione, la gente che corre sopra le strade, e se guardate meglio, sotto i pavimenti si vedono passare i topi e la vita in apparenza continua, scorre tra il Cielo e la Terra, che sono ancora disumani.

Allora bisogna che da qui io riesca a volare, cosa che credo non sia troppo difficile. State tranquilli, non ho intenzione di buttarmi oltre il davanzale come fate voi quando avete deciso di partire: non sono mica matto, anche se il perito non l'ha ancora ufficialmente stabilito. Però vedo il torracchione fumare e adesso sento i rumori del mondo, conosco lo sporco, e finalmente riesco a sentire l'odore dell'uomo ma tutto questo mi pesa.

In ogni caso, ora so dove andare.

Ascoltate ancora un momento: scendo da qui, con la mia volontà e con la speranza, ma con cautela, senza cadere. Passo a prendere Nova, assieme partiamo e andiamo dall'unica persona che sono sicuro abbia voglia di ascoltare.

Non sarà difficile, conosco il nome del posto e inoltre lo voglio assolutamente fare, e quando sarò arrivato entrerò a cercare in fondo al locale il suo tavolo dove so di trovarlo seduto. Allungherò la mia mano come si fa tra uomini e gli dirò: – Buongiorno signore, io mi chiamo Stramonio, e ho raccolto la sporcizia del mondo. Se lei permette ho una storia che le vorrei narrare, – e il signor Hrabal, da dietro a una birra mi stringerà forte la mano piegandosi leggermente in avanti e dirà: – Prego si sieda, prenda da bere e cominci, ma faccia con calma, perché ci vuole tempo per raccontare.

Allora, seduto su quella sedia, sorriderò candidamente e forse non ricorderò piú il bruciore di tutti gli abbandoni e la fatica di essere uno sputo, non sentirò piú gli scarichi della gente precipitare sulla mia piccola testa dall'alto delle case e non vedrò piú salire verso il cielo il fumo nero del torracchione. Non avrò piú i piedi piantati sulla spazzatura del mondo, ma allungherò le gambe sotto il tavolo e cosí potrò finalmente piangere in pace, felice davanti a una birra come solo gli uomini sanno fare, perché ormai sarò seduto su una sedia nel cuore del Paradiso terrestre.

Stramonio

Datura Stramonium L. – Fam. Solanacee/Daturee (Sin. – *Stramonium foetidum* Sccp. – *Stramonium spinosum* Lamk. *Stamonium vulgatum* Moench.)

Etimologia: Datura. Dall'indiano *Dhatura* = mela spinosa, mela della morte Kipling), da *tat* = *pungere*, da cui *Tatula* (persiano), per i frutti spinosi. Il nome *Stramonium* è di origine incerta: dal greco Στρυμών fiume della Tracia (Struma) o da στρέμμα = *distorsione*.

Nomi volgari: Noce mettella, noce vomitta, paracoculi (antiq.), strimonio, noce puzza, pomo spinoso, erba dei ladri, erba degli incantesimi o del diavolo (tosc.), erba ratta, turtaiu (lig.), erba torsipera o carogna o tarponera, spungiun (piem.), stremonio, endormia, tossico, scarmon (lomb.), sdormia (ven.) tromba del giudezz (emil.), fetusa, fetienti, cacapuzza fetente, calamone (nap.), stramoniu, pipazzu, castagnazza servaggia (sic.), ischizza babbau (sard.).

Habitat: Si ritiene originaria dell'Asia occidentale; ora diffusa, naturalizzata, in tutto l'emisfero boreale, Libia, Marocco, Eritrea, Somalia. In Italia è frequente la sua presenza accanto a ruderi, rovine e tra i rifiuti, negli incolti, lungo le strade e le siepi, presso le case rurali.

Oltre la forma tipo (foglie verdi e fiori bianchi) esiste la varietà Tutula caratterizzata da fusto sfumato di violaceo, fiori con calice e corolla tendenti al viola.

Proprietà terapeutiche: Sconosciuta in Europa fino al Medioevo, la Datura venne importata dal Messico in Spagna nella seconda metà del '500 e coltivata in orti botanici in Italia e Austria. Le sue proprietà terapeutiche vennero riconosciute a partire dal tardo '700. Il suo contenuto medio relativo di scopolamina è superiore a quello della Belladonna e quindi ne deriva una maggiore azione depressiva centrale e ipnotica. Un impiego piuttosto vasto delle foglie di Stramonio è stato nella terapia antiasmatica sotto forma di sigarette (specialmente nel secolo scorso), essendosi dimostrato un ottimo antagonista del broncospasmo.

Associato al Giusquiamo e alla Belladonna può dare buoni risultati nella terapia del parkinsonismo postencefalico.

Proprietà tossicologiche: L'avvelenamento da Stramonio provoca secchezza delle fauci, disfagia, dislalia, perdita dell'accomodazione visiva, ipertensione, ipotermia, respiro periodico, stupor, collasso e morte. Il delirio provocato dallo Stramonio è intenso e associato a un diffuso stato allucinatorio con visioni stranissime. In alcune zone orientali (Afghanistan) tale veleno rappresenterebbe un'arma molto usata a scopo criminoso: frammisto a cibi e bevande viene somministrato nei bazar a scopo di furto.

Postfazione alla nuova edizione

Provo sempre un certo imbarazzo a tornare, dopo molto tempo, su quello che ho scritto. Un romanzo, è cosa nota ed evidente, vive di una vita propria, e una volta che è stato pubblicato se ne gira per il mondo a modo suo, letto e riscritto dai lettori, ingiuriato o osannato, molto spesso dimenticato. Negli anni può sciogliersi o consolidarsi, dimostrare la sua bontà o il suo fiato corto. Un po' come per un figlio, allora, è bene che chi l'ha fatto rispetti questa sua propria vita, la curi e l'assecondi, certo, magari l'aiuti come può, ma rimanga quasi defilato, ad osservare quanto quelle parole stiano combinando, riflettendo sul mistero affascinante di una storia che lui ha scritto e che adesso, appunto proprio come un figlio, gli appartiene soltanto in parte.

Stramonio, nei nove anni della sua vita lontano da me, si è ben comportato: è stato capace di commuovere e di far sorridere, di incuriosire e, cosa della quale sono particolarmente felice, di appassionare molti giovani ragazzi, persone piú o meno della sua stessa età, le quali, evidentemente, si sono sentite vicine e partecipi dei dubbi e delle incertezze del piccolo Paolino, dell'ostinazione e dell'ingenuità con la quale, diventato Stramonio, si attacca alla sua scopa per cercare di capire gli uomini attraverso i rifiuti, della forza e della decisione con le quali, guardando dall'alto il caos della città, afferma il proprio desiderio, un progetto, una speranza, qualcosa insomma che, lo dico con amarezza, mi pare che oggi manchi a molti di noi.

In una scatola, sulla mia libreria, conservo ancora gli scritti di lettori che vorrebbero sapere se Stramonio è riuscito a scendere dal quinto piano dell'ospedale dal quale ci ha raccontato la sua storia e se, come ci confessa nell'ultima pagina, davvero ha preso Nova e con lei se n'è andato fino a Praga, alla *Tigre d'Oro*, a cercare il signor Hrabal per sedersi di fronte a una birra a raccontare, a bere e a piangere come si fa tra uomini. Loro due soltanto, straparloni persi tra le parole e il sudore, consapevoli della lordura su cui poggiamo i nostri piedi e le nostre vite, lontani finalmente dalla caciara dei riflettori e delle telecamere davanti alle quali le storie degli uomini diventano vera spazzatura, si plastificano, sono spettacolo senza odore e sapore.

Perché, invece, proprio come ci ha insegnato il signor Artaud, dove si sente puzzo di merda là c'è la vita degli uomini, la vita vera, quella sporca come il sangue, sudata di passione e di amore, la vita dalle ossa rotte, dalle scarpe scalcagnate, dalle tovaglie unte e sporche. La vita che è dentro e accanto a noi insomma, non altrove, come ci illudiamo sempre piú che sia: senza sofferenza e miserie, piena di lustrini, illuminata dalla ricchezza e dal successo.

E il signor Hrabal, lui che conosceva il fetore delle discariche e il fiato pesante degli ubriachi, proprio il signor Hrabal ci ha insegnato che la letteratura è capace di mettere le mani in questa sporcizia, di restituircela per quello che è, andando a cercare, in una solitudine troppo rumorosa, la poesia e la bellezza che proprio in questa umanità esiste. Resiste. «Al mondo, – diceva, – proprio nulla dipende da come finiscono le cose, ma tutto è soltanto desiderio, volere e anelito...»

Probabilmente il raccontare dei romanzi ci aiuta a inseguire questo desiderio, ponendoci come stella polare questo suo «imperativo categorico» che, a ben guardare, oggi che tutto pare dipendere invece da come vanno a finire le cose, dal loro buon successo, è davvero un buon programma rivoluzionario.

Tornare a inseguire i propri desideri, quei sogni fatti di nuvole, di quella materia che, come diceva il signor Shakespeare, in fondo siamo fatti. Queste considerazioni mi portano a ricordare una domanda precisa, inquietante. Quella dalla quale, probabilmente, la storia di Stramonio è nata: le parole di un ragazzetto che, durante un incontro con alcuni studenti liceali, mi domandò come fosse possibile per un giovane diventare adulto oggi, in mezzo all'immondizia che ci circonda. Preoccupazione forte, che Paolino raccoglie e racconta nelle pagine della sua storia, tracciando il ritratto preoccupante e grigio di quello che siamo diventati a forza di legarci alle cose, di allontanarci dalla loro e dalla nostra storia, all'obbligo coatto dell'incremento consumistico, alla necessità compulsiva di usare gli oggetti e di gettarli, in un parossismo che ormai si sta trasferendo, con lo stesso meccanismo, alle persone. Un meccanismo di utilità. Un meccanismo contabile.

Ma quella del signor Artaud, quella del signor Shakespeare e del signor Hrabal è una contabilità strana, per la quale non è vero che se si invertono gli addendi la somma finale non cambia, perché se dentro l'anima delle persone continuiamo a cancellare i sogni, la loro anarchia, la speranza di superare l'orizzonte, e mettiamo voci e capitoli di spesa, entrate e uscite, alla fine avremo soltanto della finanza e un bilancio. Magari una finanza sorprendente e creativa, alla Tremonti per intenderci, ma pur sempre un bilancio. E noi finiremo per essere i contabili di noi stessi.

Per questo Stramonio cerca disperatamente di conservare il proprio desiderio, di mantenere viva l'ostinazione ingenua che legge e risponde soltanto a quell'imperativo, che tenta cosí di salvare la forza che c'è nella domanda di quel ragazzo, in quella conferenza di molti anni fa.

Perché se allontaniamo da noi questa forza, rimaniamo gusci vuoti, macchine capaci soltanto di calcolare i propri bilanci. Abbiamo imparato a costruire le cose, a usarle , a consumarle in fretta per avere benessere e comodità, in un ingranaggio che ora è difficile fermare, che girando sempre piú veloce macina, distrugge e lascia dietro di noi pezzi sempre piú grossi di parole, di immagini, di emozioni. Di silenzio. Di lentezza. Di memoria.

Per questo, a distanza di nove anni, *Stramonio* rinnova il suo viaggio per il mondo, mentre attorno le cose non sono per nulla cambiate e ancora nessuno ha dato una buona risposta a quella domanda. Attorno a noi le strade sono sempre piú affogate dall'immondizia e dentro di noi, nella nostra testa, accanto ai nostri cuori, mi pare che da molto tempo non passi piú nessuno a svuotare i cassonetti. Al massimo si sposta un po' di sporcizia, la si cambia di discarica o la si getta sotto il tappeto. Vogliamo sesso senza problemi, ma non vogliamo vedere per strada le donne, spesso schiave, che ce lo forniscono. Abbiamo bisogno di mano d'opera a poco prezzo, ma senza che chi ce l'assicura pretenda diritti o attenzione. Siamo spaventati dai cambiamenti, dalla complessità che abbiamo messo in moto e pretendiamo di trovar conforto nell'illusione di una sicurezza che sta stracciando quei legami di solidarietà, di mutualità, di altruismo che, in fondo, sono l'unica garanzia di un modo di vivere possibile. Umano.

Per questo credo che Stramonio sia riuscito a scendere da quella stanza dell'ospedale, che sia riuscito ad arrivare a Praga a cercare la *Tigre d'Oro* per raccontare al suo maestro la propria e la nostra storia. E anche se nel frattempo il signor Hrabal è morto, so che Stramonio s'è seduto ugualmente ad un tavolo di quell'osteria, e come lui s'è messo raccontare le sue storie a chi ha avuto voglia di ascoltarlo, memore delle parole con le quali il vecchio

Bohumil ci ha spiegato il perché vale la pena, comunque, di raccontarle: «E sentii il desiderio di scrivere tutto cosí come era stato, affinché anche gli altri potessero non già leggerlo, bensí dipingersi davanti, attraverso quel che dico, tutte quelle immagini che si infilavano come coralli, come un rosario sul lungo filo della mia vita».

UGO RICCARELLI

Un ringraziamento particolare al signor Samuel Hahnemann e alla sua scienza omeopatica; e a Maria Marchitiello che mi ha fatto conoscere il signor Samuel Hahnemann e la possibilità di curare le persone con passione, attraverso le loro storie.

Stampato per conto della Casa editrice Einaudi
Presso Mondadori Printing S.p.a., Stabilimento N.S.M., Cles (Trento)
nel mese di febbraio 2009

C.L. 19687

Edizione						Anno			
1	2	3	4	5	6	2009	2010	2011	2012